Nany

Du même auteur

Virus, 2015, Estelas Éditions
Le Souffle du diable, 2018, PREM'edit

Retrouvez l'auteur sur :
www.jorigane.simplesite.com
Facebook : @jorigane

jorigane

Nany

roman

FIKSION

30, rue du Chemin de Fer
77400 Dampmart France

gilles.cordillot@gmail.com

Couverture et mise en page : 2LI

ISBN : 978-2-9568363-0-8
Dépôt légal : septembre 2019

« La mort n'est rien :
je suis seulement passé dans la pièce à côté. »

Extrait d'un sermon sur la mort intitulé :
The King of Terrors

Pour Julien, François, Fernand
et tous ceux qui sont déjà passés
de l'autre côté du miroir…

I

Au-delà du réel

1

« Nany… c'est toi ? »

Personne ne l'appelait Nany, à part son père, mais il était mort depuis cinq ans…

2

Stéphanie fixait le curseur de la souris qui s'était mis à courir tout seul sur la page blanche, comme si quelqu'un avait repris la main.

Nany… qui peut bien connaître ce diminutif que seul papa employait ? C'est une mauvaise blague… Mais qui aurait intérêt… et comment cet imposteur peut-il savoir ?

Impuissante, Stéphanie suivait des yeux la course du pointeur qui se mit à écrire la date 2014 en la répétant à l'infini. Or, il ne s'agissait pas de n'importe quelle date. En 2014 elle avait 11 ans, et cela correspondait à l'année où son père avait disparu, emporté en moins d'un mois par un cancer du péritoine.

Au secours ! Je vais devenir folle !

La jeune fille tenta en vain de stopper le curseur. Elle appuya sur la touche échap de son clavier, puis fit un ctrl + Z, mais rien ne se produisit. Impossible d'arrêter le marqueur fou qui semblait vouloir écrire sa propre histoire. Parvenant à reprendre le contrôle de la souris le temps d'une seconde, elle en profita pour communiquer avec son tourmenteur.

« Vous n'êtes qu'un imposteur ! Mon père est mort il y a cinq ans. Je ne sais pas comment vous connaissez certains détails de ma vie privée, mais je vous ordonne de me foutre la paix, sinon, je dépose une plainte au commissariat de police pour harcèlement ! »

Hors d'elle, Stéphanie s'apprêtait à éteindre son ordinateur, lorsque le curseur lui échappa à nouveau et traça les mots « Saint-Raphaël, 2013. »

— C'est un cauchemar ? ! Arrêtez ! Je vous en supplie !

Papa… J'aimerais tellement que tu sois près de moi…

Juillet 2013, leurs dernières vacances en famille tous les quatre. Leur mère avait loué une maisonnette au bord de la mer. Il faisait chaud. Stéphanie se faisait rôtir sur la plage, tandis que son frère ramenait en cachette ses premières conquêtes à la maison. Le soir, ils suçaient des glaces au chocolat et à la pistache en déambulant dans les rues au son d'orchestres improvisés.

Le bonheur, c'était aussi simple que cela. Mais à ce moment-là, elle n'en avait pas conscience.

Le curseur lui échappa à nouveau, comme s'il avait décidé d'édicter ses propres règles et de lui donner la parole quand il le voudrait.

« Nany, c'est moi, c'est papa… »

« Non ! Non ! Non ! C'est impossible ! Qui êtes-vous ? Et que me voulez-vous ? »

«Ma chérie, je sais que cela peut paraître incroyable, mais je vais te prouver que c'est bien papa qui te parle. Je peux te dire que ton doudou préféré était une vilaine peluche grisâtre à force d'avoir été sucée que tu avais baptisé Oslaf, ou encore que tu n'aimais pas la soupe et qu'il fallait la faire très épaisse et te dire que c'était de la purée, pour que tu acceptes de la manger... »

Le curseur s'immobilisa à nouveau, comme pour signifier à Nany que c'était à elle d'écrire.

— À table ! hurla sa mère depuis la cuisine située au rez-de-chaussée.

— J'arrive ! répondit Stéphanie en forçant sa voix.

3

Seule dans sa chambre, Stéphanie exhuma l'antique téléphone portable de son père. Elle l'allumait encore de temps en temps, rien que pour entendre le son de sa voix. La ligne avait été coupée depuis longtemps, mais elle avait enregistré le message d'accueil.

— Bonjour ! Vous êtes bien sur le téléphone portable de Max Lidol. Laissez-moi un message et je vous rappellerai dès que possible. Si c'est urgent, n'hésitez pas à joindre le siège au 01 40 27 33... Merci ! À bientôt.

Et comme à chaque fois qu'elle entendait cette voix apaisante, son cœur se serra. Elle avait aussi noté son adresse électronique de l'époque et se promit d'aller vérifier l'après-midi même ce qui se passait lorsque quelqu'un rendait sa box. Comment était réattribuée la ligne ? L'urgent était de sauvegarder les échanges qu'elle avait eus avec celui qui prétendait être son père. Juste pour ne pas devenir folle.

4

La boutique des télécoms *Verdade* se trouvait sur une petite place en contrebas de la route, juste à côté du fleuriste. À cette heure, il y avait foule. Stéphanie dut prendre son mal en patience et faire la queue comme tout le monde, juste pour poser la question qui la hantait.

« À qui avez-vous attribué l'accès à Internet que mon père utilisait il y a cinq ans ? »

Perdue dans ses pensées, elle faillit laisser passer son tour. Heureusement, le technicien lança un nouvel appel. Elle se dressa sur ses jambes et se précipita vers le comptoir. Le jeune homme, barbu, comme tous les hommes qui voulaient être à la mode, les cheveux tirés en arrière, releva les sourcils et lui demanda ce qu'il pouvait faire pour elle.

— Eh bien, voilà ! J'aimerais savoir à qui a été attribué l'accès à Internet de Monsieur Max Lidol, décédé il y a cinq ans.

— Et pourquoi voulez-vous connaître le nouveau bénéficiaire de ce contrat, mademoiselle ? C'était le vôtre ?

— Je viens de vous dire que c'était celui de mon père. Pour ses besoins professionnels, il avait une connexion indépendante de celle de notre box familiale.

— Je n'ai pas le droit de vous donner cette information. Je ne peux malheureusement pas vous communiquer les noms de nos clients.

— Mais enfin... comprenez-moi... Quelqu'un qui prétend être mon père, décédé il y a cinq ans, m'envoie des messages depuis cette adresse. Il me semble que je suis en droit de savoir qui est cette personne !

— Je suis désolé. Je ne peux rien faire pour vous, mademoiselle. Si vous estimez être harcelée, voyez avec la police. Elle seule est à même d'effectuer une réquisition de nos services afin de lancer les recherches.

Comprenant qu'elle ne tirerait rien de cet employé borné, Nany fit volte-face et quitta le magasin en maugréant contre « ces incapables », sous le regard médusé des autres clients.

5

Au commissariat de police, la jeune fille ne fut pas mieux accueillie. Le fonctionnaire somnolait. C'est à peine si les paupières de ce policier ventripotent qui ne devait pas avoir fait d'exercice depuis longtemps, se soulevèrent à son arrivée.

— Bonjour mademoiselle, votre pièce d'identité s'il vous plaît ? Quel est votre problème ?

À l'énoncé des faits, l'homme la dévisagea comme s'il voyait un fantôme.

— Votre père, décédé depuis cinq ans, vous harcèle sur Internet ??? C'est bien ça?

À son air hébété, Stéphanie sut d'emblée qu'il n'y aurait rien à tirer de lui.

— Mais puisque je vous dis que ce n'est PAS mon père! Les morts ne communiquent pas par Internet! C'est forcément quelqu'un qui se fait passer pour lui… Comment a-t-il eu accès à des informations confidentielles me concernant? Je n'en sais rien. Mais trouver ce genre de truc, c'est votre boulot!

Surpris par l'agressivité de la jeune fille, le gardien de la paix inspira un grand coup avant de répondre avec un fort accent méridional.

— Mademoiselle, la police nationale n'a pas pour vocation de chasser les fantômes. Désolé, mais ce que vous demandez va au-delà de nos compétences.

Stéphanie le fusilla du regard, ramassa brutalement son sac à main posé sur le comptoir et sortit du commissariat sans même saluer le planton. Dehors, il faisait beau. Un rayon de soleil printanier la fit cligner des yeux.

Papa adorait cette période de l'année. Ce moment unique pendant lequel il faut encore mettre une petite laine pour profiter des premiers signes annonciateurs des beaux jours...

6

Sa décision était prise! Puisque les autorités compétentes refusaient de l'aider, elle allait s'y prendre autrement. Qui appelle-t-on en dernier recours, lorsque la situation paraît désespérée? La presse, bien sûr! Pourquoi n'y avait-elle pas pensé plus tôt? Mais attention! Pas question de faire la une du journal, sous peine de passer pour une illuminée. Non, ce qu'elle cherchait, c'était de l'aide pour mener une enquête un peu... particulière. Et elle savait qu'elle pouvait compter sur Lou Le Goff. De cinq ans son aîné, l'ami de son frère Timéo était l'un des meilleurs journalistes d'investigation du Parisien. Elle l'avait déjà croisé à plusieurs reprises à la maison, lors de soirées bien arrosées. Beau brun ténébreux, un peu timide, ce dernier ne semblait pas indifférent à la jeune femme précoce qu'elle était en train de devenir. Elle saurait le persuader.

7

Lou lui avait donné rendez-vous au café *Les Deux Magots*, à Saint-Germain-des-Prés, dans le VIe arrondissement de Paris. À la sortie du métro, Stéphanie repéra tout de suite la terrasse bondée de l'établissement mythique de la capitale, réputé pour son histoire littéraire. Des blondes platine au look branché y côtoyaient des dandys à l'allure savamment négligée. Saint-Germain-des-Prés, c'était le Paris du paraître, celui des artistes et des chemins de traverse. Dans son manteau bleu marine de tous les jours, Stéphanie se sentit un peu quelconque. Elle avait relevé ses cheveux et les avait attachés dans une queue-de-cheval haute, fait ses sourcils, allongé ses cils au mascara et mis du rouge sur ses ongles. Mais malgré tout, elle ne se sentait pas à la hauteur de ces mannequins d'un jour. Elle aperçut Lou, assis à une table, dans un coin abrité de la terrasse. Il téléphonait, ou du moins faisait semblant pour se donner une contenance. Malgré la fraîcheur ambiante, le journaliste portait une légère veste bleue et une chemise d'un blanc éclatant. Il avait seulement noué une écharpe rouge autour de son cou. Ses lunettes noires ne permettaient pas à Nany de croiser son regard. Un rôle de composition savamment étudié. Elle devait bien reconnaître qu'il avait de la classe… Aussi brun qu'elle était rousse — aux yeux verts — pas très grand, mais athlétique de surcroît, le jeune homme raffiné ne manquait pas d'humour, au dire de Timéo.

Lorsqu'il l'aperçut, Lou posa ses lunettes de soleil, se leva, et vint à sa rencontre. Il s'approcha d'elle, l'embrassa — elle sentit sa barbe dure lui piquer les joues — et la déshabilla du regard. Cet examen, furtif mais appuyé, la mit mal à l'aise. Comme s'il évaluait une bête de concours. Dans sa simplicité toute paysanne, elle était cependant bien plus belle que ces poupées poudrées. Ils venaient de s'asseoir. Lou la regarda droit dans les yeux.

— Dis donc, tu as bien changé depuis notre dernière rencontre. Ça remonte à quand déjà? Attends! Laisse-moi deviner... L'anniversaire de Rodolphe! C'est ça?

Un peu crispée, Nany tenta de ne rien laisser paraître.

— Oui, je crois.

— Tu prends quoi?

— Un grand chocolat chaud...

— Très bon choix! Celui de la maison est mythique.

— Ah ?...

— Alors, qu'est-ce qui t'amène?

Si sûre d'elle avant de partir de la maison, Nany était maintenant paralysée par le trac. Ses lèvres tremblaient, et son cœur battait à tout rompre. Lou s'en aperçut et fit de son mieux pour la mettre à l'aise.

— Tu as froid? Tu veux qu'on s'installe à l'intérieur?

Nany se serra instinctivement contre le parasol chauffant.

— Non, non... ça va aller.

— Alors?

— C'est un peu, délicat... Tu vas me prendre pour une folle.

Lou éclata de rire. Un rire forcé qui dévoila des dents artificiellement blanchies.

— Mais non, pourquoi ? Si tu es là, c'est bien que tu veux me demander quelque chose…

Le serveur arrivait avec leurs chocolats fumants. Lou posa un billet de vingt euros dans la soucoupe et lui dit de garder la monnaie. Il écouta longuement le récit de Nany, sans se moquer, ni même sourire. Le paranormal, c'était son rayon. Même si ses collègues le chahutaient un peu lorsqu'il présentait ses sujets en conférence de rédaction. Et, si son côté cartésien privilégiait toujours les solutions rationnelles pour résoudre les énigmes, il devait tout de même admettre que la science n'avait pas réponse à tout.

— Je me mets là-dessus au plus vite, Stéphanie ! Il y a forcément une explication à tout ça. Ce ne devrait pas être très compliqué. En attendant, ça te dirait de venir avec moi en reportage ?

Nany écarquilla les yeux. Elle rêvait depuis toujours de vivre une immersion dans le quotidien des journalistes.

— Ben carrément ! C'est quoi ton sujet ?

— Je crois que ça va te plaire…

— Alors ?

— Je préfère te faire la surprise.

— Ouah ! C'est si secret que ça ?

— Non, mais je t'assure que tu te souviendras de ce reportage. Seulement, il faut juste que ta mère t'accorde la permission de minuit.

— Pourquoi ? Ça se passe la nuit ?

— Ces choses-là ? Oui, généralement.

— Allez ! Dis…

— Alors, tu penses que c'est jouable, Cendrillon ?

— Ouais… avec toi, ma mère aura confiance.

— OK. Je passe te prendre chez toi à 19 heures. Ça marche ?

— Ça marche !

Lou se leva et s'effaça pour la laisser passer. Puis, en un geste protecteur, il mit son bras autour de ses épaules. Nany fut sensible à cette marque d'attention à laquelle elle n'était pas habituée avec les garçons de son âge. Elle se sentit tout à coup plus femme. Un sourire de satisfaction fleurit au coin de ses lèvres. Lou fit mine de ne rien remarquer

8

Nany n'eut pas le temps de bouger un orteil, que Lou avait déjà fait le tour de la décapotable rouge cinabre pour lui ouvrir la portière. Ils étaient garés en bas d'un immeuble décrépi de grande banlieue. La route bordée de peupliers était déserte. Les balcons suintaient la pauvreté. Nany frissonna à l'idée que des gens vivaient dans ces grands ensembles impersonnels, à la limite de l'insalubrité. Lou pianota sur le clavier de l'interphone et appuya sur le bouton « appeler ». Quelques secondes s'écoulèrent avant qu'une voix féminine dise « oui ? »

— Bonjour, madame. Lou Le Goff, du Parisien…

— Oui. Je vous ouvre. C'est au deuxième.

Lou n'avait pas encore dévoilé à Nany le sujet de son reportage. Dans l'ascenseur qui sentait l'urinoir mal entretenu, le jeune homme consentit enfin à lui expliquer la raison de leur venue dans ce quartier déshérité.

— La jeune femme chez qui nous allons prétend que des phénomènes anormaux se produisent depuis plusieurs mois dans son appartement.

— Du style ?

— Portes qui claquent, objets qui se déplacent, sensation d'une présence invisible… le normal du paranormal, quoi.

— Non ! Tu déconnes ?

— Pas du tout. Je suis tout ce qu'il y a de plus sérieux.

— Alors pourquoi tu dis « prétend » ? Tu penses qu'elle invente ?

— Je dis « prétend », car je suis quelqu'un de cartésien et que beaucoup de phénomènes dits « paranormaux » ont en fait une explication très rationnelle. Et puis, pour un journaliste d'investigation, ce ne serait pas très professionnel de prendre parti avant même d'avoir enquêté. Au fait, Steph, on va dire que tu es stagiaire au journal. Ça passera mieux.

— Nany… Je préférerais que tu m'appelles Nany.

Lou la regarda, surpris.

— Nany ? O.K., Nany, comme tu voudras.

L'ascenseur s'ouvrit sur un palier obscur. Dans l'encadrement de la porte située juste en face se tenait une jeune femme d'une trentaine d'années, un peu boulotte. Des cheveux bonds filasse encadraient son visage bouffi. Lou lui tendit la main.

— Bonjour, madame.

— Bonjour, répondit celle qui se prénommait Vanessa. Entrez.

Un chat blanc tacheté de noir vint se frotter aux jambes de Nany, tandis qu'un autre félin veillait, posté tel un sphinx au-dessus de l'armoire. Un enfant qui pouvait avoir six ans se colla à Vanessa. En entrant, Nany éprouva une sorte de malaise. Elle se dit que c'était peut-être parce que Lou lui avait raconté que la maîtresse de maison voyait des fantômes. C'est que l'appartement n'était pas engageant. Papiers peints déchirés, propreté aléatoire et mobilier fatigué. Vanessa ménagea une petite place sur la table encombrée de la salle de séjour et les invita à s'installer. Lou s'assit en faisant un clin d'œil à Nany. Puis, il posa son appareil photo sur la table et sortit un calepin et un crayon.

— On y va ! Racontez-moi ce qui se passe chez vous.

— Je vais tout vous expliquer, mais ce qui serait bien, c'est que vous puissiez constater les faits par vous-même…

— Pas de souci.

— Mais… ça se passe généralement la nuit, surtout dans la salle de bains, le couloir et la chambre des enfants.

— Oui… et que constatez-vous ?

— Tout a commencé il y a deux ans…

9

Lou et Nany étaient installés dans la chambre des enfants, où, aux dires de Vanessa, les phénomènes inexpliqués s'avéraient les plus nombreux. De là, ils avaient une vue imprenable sur le couloir et la salle de bains. Il était déjà presque 22 heures, et il ne s'était toujours rien passé.

— Tu crois qu'elle fabule ? chuchota Nany.

— Moi, je ne demande qu'à voir. Mais je suis comme Saint-Thomas. Je ne crois que ce que je vois. Et encore…

— Pourquoi tu dis, « et encore... » ?

— Car ce n'est pas parce qu'on croit voir une chose qu'elle existe réellement…

— C'est-à-dire ?

— Quand tu assistes au numéro d'un illusionniste, tu es certaine que ce que tu vois est réel. Et pourtant…

Nany bâilla.

— Exact ! pff… j'aimerais bien que ça bouge.

Elle commençait à se demander si Lou n'avait pas monté ce plan juste pour se retrouver seul avec elle dans le noir. Pendant ce temps-là, infatigable, Vanessa faisait des allées et venues entre la salle de bains et le salon, son téléphone portable en main réglé sur appareil photo, bien décidée à prendre au piège le premier fantôme qui se risquerait devant l'objectif. Nany remarqua que les deux chats devenaient nerveux et agressifs, comme s'ils ressentaient une présence. L'échine du noir et blanc était hérissée. Celui qui se trouvait sur l'armoire, alla de réfugier sous la table de la salle à manger en adoptant une position de défense. Pourtant, elle ne constatait toujours rien d'anormal.

— Venez voir! s'exclama Vanessa qui était en train de tourner une vidéo dans le couloir. Regardez tous ces points lumineux qui filent à toute vitesse dans tous les sens!

Lou et Nany se précipitèrent à ses côtés. Et ce qu'ils virent était pour le moins surprenant. Sur l'écran du téléphone, des lumières blanches fusaient de partout. On aurait dit une pluie d'étoiles filantes. Mais leur trajectoire n'était pas toujours linéaire. Les signaux filaient en ligne droite, puis, pour une raison inconnue, prenaient parfois un virage à quatre-vingt-dix degrés. Ce qui étonna Lou, c'est qu'ils n'étaient pas visibles à l'œil nu.

— Qu'est-ce que c'est? demanda Nany.

— Les avis sont très partagés sur ce phénomène. Les médiums les interprètent comme des âmes en déshérence...

— Ce qui veut dire?

— Des âmes de défunts qui n'ont pas été libérées, car elles n'ont pas réussi à aller vers la lumière.

Nany se rapprocha de Lou en frissonnant.

— Elles restent donc là, piégées. Certains médiums appellent encore ça « un point mort ».

— Et elles sont dangereuses?

— Non. Elles peuvent faire du bruit, ou pousser des cris en fonction de ce qu'elles ont vécu précédemment. Il faut les libérer.

Cette fois, Nany se colla à Lou.

— Mais… tu as parlé d'avis partagés sur ce phénomène…

— Oui, car tu te doutes bien que les scientifiques ont une tout autre approche. Ceux de l'Institut métapsychique international de Paris optent pour une explication beaucoup plus rationnelle.

— Et ils en disent quoi ?

— Ils pensent que ce phénomène appelé « les orbes » est dû à la réflexion de la lumière sur les poussières.

— Ouf, tu me rassures.

— Oui, sauf qu'ils reconnaissent un paramètre troublant…

— Lequel ?

— Des expériences anglo-saxonnes ont mis en évidence plus d'anomalies de ce type sur les lieux réputés hantés, que sur les sites normaux.

— Et comment ils expliquent ça ?

— La réponse pourrait se trouver dans les perturbations magnétiques. La réalité, c'est qu'à l'heure actuelle, on ne dispose pas d'explication scientifique probante.

— Pas rassurant, quand même… Mais dis donc, t'es vachement calé dans ce domaine !

— Je m'intéresse à tout ce qui touche au paranormal. J'ai pas mal appris au journal en bossant mes reportages.

Lou saisit tout à coup le poignet de Nany.

— Chut ! Écoute...

Un coup très net avait résonné dans l'évier de la cuisine.

— Lou, j'ai peur...

— Tu ne risques rien. Ne t'inquiète pas.

Mais cela ne suffit pas à rassurer la jeune fille. Un deuxième, puis un troisième coup se firent entendre, toujours au même endroit. Nany était sur le point d'ouvrir la bouche quand un grincement lui coupa le sifflet. Le bruit provenait des portes westerns de la cuisine américaine... Elles s'étaient mises à battre doucement, sans que personne ne les ait touchées. Cette fois, pas de doute, il se passait bien des choses anormales dans cet appartement. Pourtant, Lou refusait toujours de l'admettre.

— Il doit bien y avoir une explication, lança-t-il, songeur, tandis que Vanessa rappela que tout cela faisait malheureusement partie de son quotidien.

— Après deux mois de répit, le phénomène a recommencé...

Lou et Nany ne purent entendre la fin de sa phrase, car la porte de chambre claqua violemment ! Lou se leva d'un bond.

— Il n'y a pas de courant d'air ? Vous n'avez pas de fenêtre ouverte ?

Vanessa répondit que « non, tout était fermé », quand une pipette en verre pour doser les gouttes des enfants fut projetée en l'air et vint se fracasser sur le carrelage. Cette fois, Nany était terrorisée.

— On s'en va, Lou ! Je ne veux pas rester une minute de plus dans cet appartement.

— C'est impossible, Nany. J'attends ce moment depuis si longtemps. Tu te rends compte de la chance que nous ayons d'assister à ces événements rarissimes ?

— Je me rends surtout compte que je n'aurais jamais dû t'accompagner.

— Mon étendoir à linge ! cria Vanessa. Je l'avais mis dans la salle de bains. Il est dans le couloir. Elle tenait toujours son téléphone en main, réglé sur la position vidéo. Et, sur la trajectoire supposée du sèche-linge se poursuivaient une quantité de points lumineux.

— Vous voyez que je ne mens pas ! Ici, tout le monde me prend pour une folle, sauf ma sœur et mon beau-frère. Après avoir passé une soirée chez moi, ma sœur a juré de ne plus jamais revenir.

Comme pour lui donner raison, un petit cadre accroché au mur de l'entrée tomba par terre.

— Qu'est-ce que c'est que ce cadre ? demanda Lou.

— Une prière offerte par la gardienne de l'immeuble pour assainir les lieux. Elle n'arrête pas de se décrocher, sans raison. Mais… vous ne sentez pas comme une présence ?

Vanessa se précipita dans la salle de bains et poussa un cri.

— Venez vite ! Un… un fantôme !

Lou et Nany accoururent. Mais ils ne virent qu'une femme en proie à une violente crise d'angoisse.

Lou tenta de la rassurer, mais Vanessa était formelle.

— J'étais en train de photographier mon chat, et j'ai vu une forme blanche. Elle n'avait pas de bras et son visage était flou.

— Faites voir !

Sur la photo apparaissait effectivement une forme vaporeuse sur le papier peint, en haut et à droite de l'image.

— Vous n'avez pas enclenché le flash de l'appareil photo ?

— Non, cette photo a été prise sans flash.

La mère de famille tremblait.

— J'ai demandé au bailleur de déménager, mais il m'a répondu qu'il n'y avait pas de logement vacant.

— Et… ces choses étranges ne se produisent que chez vous ?

— Non ! Le voisin de dessous a craqué et a fini par déménager. La nuit, les jouets de son fils se mettaient en marche tout seul, et il ressentait en permanence une présence chez lui.

— Vous connaissez son nom ? J'aimerais bien le rencontrer.

— Bien sûr, c'est Monsieur Marschal. Je crois qu'il est parti à Melun.

— Merci.

— Lou ! Au secours !

Le cri de Nany glaça le journaliste, tandis que l'enfant jusque-là immobile vint se réfugier dans les bras de sa mère.

— Que se passe-t-il, Nany ? Ça va ?

— Quelque chose m'a frôlé l'épaule ! Je te jure ! Je ne suis pas dingue ! C'est la vérité !

— D'accord, d'accord... on se calme... tout va bien.

— Non ! Tout ne va pas bien ! Je te le répète, je veux partir d'ici immédiatement. Toi, si tu veux rester, reste ! Mais moi je ne passerai pas une seconde de plus dans cette maison !

Elle se tendit pour attraper son sac à main. Mais, alors qu'elle était sur le point d'enfiler son manteau, la jeune fille éprouva une sensation étrange. Comme si quelqu'un d'invisible était en train, contre son gré, de prendre possession de son corps.

— Mes jambes ! Au secours ! Mes jambes !

— Quoi ? Tes jambes... Qu'est-ce qu'elles ont tes jambes ?

— Je ne sais pas... je sens quelque chose monter lentement dans mes mollets, mes cuisses, et se répandre peu à peu dans tout mon corps. Quelque chose ou quelqu'un qui occupe petit à petit toute la place, qui essaie de prendre le contrôle de ma vie. Lou, j'ai peur ! Emmène-moi, je t'en supplie, emmène-moi loin d'ici. Vite !

Lou s'aperçut que le regard de Nany se figeait. Elle était sur le point de perdre connaissance. Il prit son téléphone portable et composa le numéro de S.O.S. médecins, lorsque, sortant de sa léthargie, son amie lui sauta dessus et essaya de le morde au cou.

10

— Je préfère te voir comme ça ! Hier, tu nous as fait peur, dit Lou en souriant à Nany. Les fantômes, ça ne te vaut rien.

— Ne me reparle plus jamais de fantômes, avertit la jeune fille, en lui lançant un regard glacial.

Ils étaient attablés dans la salle à manger du modeste pavillon de banlieue que les Lidol avaient acheté trente ans plus tôt. L'ameublement, sobre mais efficace, se composait d'une table en chêne et de ses six chaises d'une époque indéfinissable, assorties d'un massif buffet du même style, d'un tapis de sol chamarré et d'un papier peint qui devait bien dater d'une quinzaine d'années. Devant Michèle, ils avaient minimisé l'incident de la veille, mais au premier regard, la maman avait compris que sa fille n'était plus la même. Elle l'avait lu dans ses yeux. Leurs iris avaient pris un éclat mauve qui leur donnait un regard un peu fou. Sa façon de se déplacer, aussi, avait changé. Ses gestes n'étaient plus les mêmes. Qu'arrivait-il à sa Nany ?

— Hum ! Charal ! lâcha l'adolescente en se servant une belle pièce de bœuf.

Michèle la regarda, déconcertée.

— Stéphanie… tu n'as jamais beaucoup aimé la viande. Ces derniers temps, tu envisageais même de devenir végane…

Sa fille la fixa de ce nouveau regard mauve qui lui mit les frissons.

— C'est quoi, le problème ?

— On ne dit pas « c'est quoi le problème ? », mais « où est le problème ? »

La jeune fille soupira.

— Pour arroser ça, un bon nuits-saint-Georges fera l'affaire.

Michèle en resta bouche bée. Lou sentit qu'il devait intervenir pour détendre l'atmosphère.

— Eh bien, Nany, pas de souci, je vois que ça va mieux.

Michèle ne réagit pas. De petites larmes perlèrent aux coins de ses yeux, et elle se mura dans le silence jusqu'à la fin du repas.

11

« Bonjour, Lou. J'espère que tu vas bien. As-tu avancé dans l'enquête concernant la réapparition de “mon père” ? Pour ma part, « Bonjour, Nany… » je ne sais quoi… »

Les deux mots « Bonjour, Nany » venaient de s'intercaler dans le texte de l'e-mail que Nany était en train d'écrire à Lou.

« Ah non ! Pas vous ! »

Elle ne pouvait plus allumer son ordinateur, sans que celui qui disait être son père ne vienne s'incruster dans ses messages.

« Je vous en supplie... cessez de me harceler ! Mais qu'est-ce que je vous ai fait pour que vous... « Tu m'as simplement donné onze ans de bonheur... »

« Arrêtez ! Je ne veux plus entendre parler de vous. Vous n'êtes pas mon père ! Mon père est mort il y a cinq ans. « Je... »

Mais Nany avait déjà éteint l'ordinateur.

12

Cette fois, Lou avait donné rendez-vous à Nany au *Café de Flore*, boulevard Saint-Germain, en plein cœur de Saint-Germain-des-Prés. Est-ce parce qu'elle commençait à s'habituer aux lieux chics du tout-Paris, que la jeune fille se sentait beaucoup moins stressée qu'aux *Deux Magots* ? Il faut dire que le reportage sur les phénomènes paranormaux avait considérablement rapproché les jeunes gens. L'érudition de Lou la subjuguait. Mais elle le considérait plus comme un grand frère, que comme un petit ami potentiel. De son côté, Lou se montrait attentionné et prévenant, sans gestes déplacés ni ambiguïté verbale. Comme la dernière fois, il s'était installé en terrasse, un peu à l'écart, si l'on peut dire, vue l'affluence à cette heure de pointe. Il avait posé à ses pieds une petite sacoche noire qui devait contenir son ordinateur portable. Elle lui fit signe de la main. Il lui rendit son salut. Embrassades. Les joues de Nany embaumaient le jasmin. Elles étaient fraîches comme le vent qui caressait ce matin le Paris rive gauche. Ils s'assirent tous les deux face à la rue. Lou leva la main pour appeler le garçon.

— Sais-tu ce qui a donné son nom à ce café ?

Nany fit une petite moue qui voulait dire « aucune idée. »

— Son nom lui vient de la statue de Flore, la déesse romaine des Fleurs et du Printemps, située sur le trottoir d'en face.

La jeune fille tourna la tête et découvrit l'aérienne silhouette blanche qui dominait les lieux. Il s'en dégageait une impression de légèreté et en même temps de confiance en soi qui l'apaisa. Elle admirait cette soif de connaissances qui poussait son compagnon à tenter de tout comprendre, tout expliquer.

— Tu es peut-être assise à la place de Jean-Paul Sartre… Tu te rends compte ? Dans les années 1940, avec Simone de Beauvoir, ils avaient fait de cet endroit leur quartier général.

Nany sourit avec malice en découvrant de jolies dents blanches.

— J'imagine que tu ne m'as pas fait venir ici pour me faire un cours d'histoire littéraire. Où en es-tu de ton enquête ?

Ses yeux mauves hypnotisèrent le journaliste. Lou alluma son ordinateur et orienta l'écran vers elle en se grattant la tête.

— En fait… c'est plus compliqué qu'il n'y paraît…

— Ah bon ?

— J'ai appelé un pote du commissariat de police. Il a fait une réquisition auprès de ton opérateur…

— Et ?...

— Ce qu'il a trouvé est déconcertant.

Nany se mordit la lèvre inférieure, ce qui eut pour effet de troubler Lou. Il désigna du doigt des graphiques auxquels elle ne comprenait rien.

— Tiens-toi bien… la connexion utilisée par ton père n'a jamais été réattribuée à qui que ce soit.

— Ce qui veut dire ?

— Ce qui veut dire que ce qui t'arrive est inexplicable.

La jeune fille releva le col de son manteau et enfouit son nez dans un petit mouchoir blanc en sanglotant.

— Je ne sais plus où j'en suis...

— « Il » t'a relancé ? C'est ça ?

— S'il n'y avait que ça…

Lou la dévisagea, grave, cette fois-ci.

— Quoi d'autre ?

— C'est difficile à expliquer… Tu vas me prendre pour une dingue.

— Nany… tu sais bien que tu peux tout me dire.

— Depuis le reportage chez Vanessa, quelque chose a changé en moi.

— Tu peux préciser ?

— J'ai… comme l'impression que certaines de mes pensées ne m'appartiennent pas. Que ce sont celles de quelqu'un d'autre.

— Par exemple ?

— Par exemple, j'ai des souvenirs, si on peut appeler ça des souvenirs, d'événements que je suis certaine de ne pas avoirs vécus…

— Comme ?

— Comme une petite enfance dans un manoir en Écosse, alors que je suis née à Paris, et que mes parents sont venus s'installer en banlieue avant mes deux ans. Mes goûts aussi ont changé. Moi qui ne mangeais que des légumes, j'ai envie de viande. Je ne buvais pas une goutte d'alcool, je deviens accro…

— Tu n'es pas enceinte ?

Nany le dévisagea d'un air réprobateur.

— O.K., O.K., pardon, Nany…

— J'étais frileuse, maintenant j'ai besoin de dormir avec la fenêtre ouverte, j'aimais l'action, je préfère la lecture, je souhaitais la mort pour certains criminels, aujourd'hui je suis contre la peine de mort… C'est comme si quelqu'un m'avait volé mon âme.

— Tu es encore sous le choc, Nany, ça va revenir petit à petit.

— Je sais bien ce que j'ai ressenti l'autre soir, chez Vanessa. C'était comme si quelqu'un prenait possession de mon corps. Ça s'enroulait comme un serpent et montait dans mes jambes, mes cuisses et mon ventre. Depuis, j'ai l'impression qu'on est deux là-dedans. Deux êtres qui ne désirent pas les mêmes choses.

— Tu crois que ça pourrait être ton père, qui...

— Non, je le reconnaîtrais entre mille. Papa était la bonté même. Celui qui m'a volé mon corps est un être sans foi ni loi qui n'a qu'une idée, me détruire.

— Tu dois te reposer...

— Tu vois ! Tu ne me crois pas ! Je ne suis pas fatiguée ! Je VEUX simplement comprendre ce qu'il m'arrive. Et mes yeux ? Ils sont fatigués, mes yeux ? Je n'ai jamais eu les yeux mauves. Je deviens folle ! Et si tu ne peux pas m'aider, il vaut mieux le dire tout de suite !

Nany avait parlé tellement fort, que les clients des tables voisines s'étaient retournés. Ce n'était assurément pas le genre de la maison.

— Je me fous de ce qu'ils pensent, hurla Nany. Alors ? Tu continues, ou tu me laisses tomber ?

Lou ne savait plus quoi dire.

— Je ne te laisserai jamais tomber, Nany. Simplement, montre-toi un peu patiente. Je ne peux pas résoudre une telle énigme en aussi peu de temps.

Elle lui sourit.

Tout serait si simple, si papa était encore là.

Dans la rue, la circulation était devenue moins fluide. Un oiseau, que Nany n'arrivait pas à localiser, improvisa une mélodie, rien que pour elle.

Étonnant, la présence d'un oiseau, ici.

Le parasol chauffant diffusait une douceur réconfortante. Le Paris des boutiques de luxe et des étudiants respirait à pleins poumons. Un instant, Nany se sentit emportée par un vent de liberté, loin de ses démons, mais la voix ferme et rassurante de Lou la ramena à la réalité.

— Je te reconduis ?

— Tu ne travailles pas, aujourd'hui ?

— Non, j'étais de perm. ce week-end. On y va ?

Elle aurait voulu qu'il ne la laisse plus jamais seule. Il était l'unique personne en qui elle avait confiance.

— Tu pourras me laisser ton P.C. ?

— Pour quoi faire ?

— J'ai un pote à la DSI, un crack, il va trouver ce qui déconne. Pour le reste, j'ai une Idée.

13

Lou serra le frein à main. Il venait de garer son cabriolet, rue René Villermé, dans le XIe arrondissement de Paris. C'était un de ces matins frais et humide, et les rares passants marchaient d'un pas pressé. Nany inspecta les alentours, suspicieuse, tout en rajustant son écharpe et son bonnet de laine bleu. Malgré la buée déposée sur le pare-brise du véhicule, elle parvint à lire *Accueil Saint-Michel*. C'était écrit sur une plaque en plexiglas, apposée à droite d'une entrée banale, noyée au milieu des grands ensembles. Seule une croix en métal noir installée au-dessus du porche trahissait la nature des lieux. Derrière une porte en bois à double battant s'élançait un escalier de pierre.

— Qu'est-ce qu'on fait ici ? s'inquiéta Nany.

— On est à la paroisse Notre-Dame du Perpétuel Secours.

— Je vois bien, mais pour quoi faire ?

— Nous avons rendez-vous avec le père Jean-William.

— Tu aurais tout de même pu m'en parler avant.

— Je craignais que tu refuses de venir.

— Et qu'est-ce qu'il a de si extraordinaire, ce père Jean-William ?

Lou se racla la gorge. Il redoutait la réaction de Nany. Avant qu'il ne puisse ouvrir la bouche, la jeune fille explosa en avisant une pile de tracts posés sur le comptoir de l'entrée mentionnant « Service de l'Exorcisme ».

— Tu ne m'as pas fait ça ?

Les joues de Nany s'empourprèrent. Lou sentit monter en elle une colère sourde.

— Je ne suis pas dingue ! Qu'est-ce que tu crois ? Hein ?

— Mais personne n'a dit que tu étais dingue ! Nany... Nany, s'il te plaît...

Dans le couloir, des laïques allaient et venaient, indifférentes aux visiteurs. Jusqu'à ce que l'une d'elles s'aperçoive enfin de leur présence.

— Messieurs dames... vous avez rendez-vous ?

Anticipant une répartie peu orthodoxe de Nany, Lou répondit à sa place.

— Bonjour madame, oui, avec le père Jean-William...

— Très bien. Je l'informe de votre arrivée.

Les lieux sentaient l'encens et les bien-pensants. Ils durent patienter quelques minutes avant de voir arriver un homme d'une soixantaine d'années. Les cheveux gris plaqués en arrière, le prêtre portait un costume dans les mêmes tons. Une simple croix au revers de sa veste le distinguait des âmes charitables qui œuvraient pour la paroisse. Il tendit une main chaude à Lou. Son visage affable rassura quelque peu Nany, restée légèrement en retrait.

— C'est pour vous ? s'étonna l'homme d'Église.

— Non, pour mon amie.

— Ah, oui… je me disais aussi que vous m'avez plutôt l'air bien portant.

— Mademoiselle… ?

— Stéphanie. Bonjour… mon… père.

Nany s'était toujours sentie mal à l'aise avec le protocole ecclésiastique.

— Venez ! Installons-nous au calme, leur proposa le père Jean-William, en les invitant à le suivre.

Ils laissèrent sur leur droite un espace de détente assez zen, pour entrer dans une pièce baignée de lumière. Le prêtre s'installa derrière le bureau et posa ses deux mains bien à plat sur le bois foncé fraîchement ciré. Face à lui, son crucifix en cuivre qui ne le quittait jamais, ainsi qu'un petit manuel rouge intitulé *Rituel de l'exorcisme et prières de supplication*. Le père Jean-William était l'un des quatre prêtres exorcistes d'Ile-de-France, nommé par l'évêque. Celui du Père-Lachaise. Il s'adressa à Lou.

— Je n'accorde jamais de rendez-vous à des journalistes...

Étonné, le jeune homme répondit quand même du tac au tac.

— Alors, pourquoi avez-vous accepté de nous recevoir ?

— Parce que je vous sens honnête. Je peux me tromper, mais généralement...

Et il laissa sa phrase en suspens comme pour dire « ne me décevez pas. »

— Avant de vous écouter, je tiens à vous faire un petit rappel historique.

Et, pour s'assurer de l'attention de Nany, il se tourna vers elle.

— Peu de chrétiens savent que le rite de l'exorcisme est prévu par le rituel romain, dans la liturgie du baptême.

Stupéfaite, la jeune fille attendit la suite avec curiosité. Le prêtre continua.

— La pratique de l'exorcisme, aujourd'hui méconnue, n'en demeure pas moins importante pour la foi chrétienne. À tel point qu'en 1999, le pape Jean-Paul II a approuvé un nouveau rituel de l'exorcisme pour remplacer celui promulgué en 1614 par Paul V. Maintenant, expliquez-moi ce qui vous arrive, mademoiselle.

Bien qu'intimidée, Nany trouva ce curé plutôt débonnaire.

— Bon, je commence par quoi ? demanda-t-elle, en se tournant vers Lou.

— Par le commencement…

Après l'avoir longuement écoutée, le père Jean-William posa enfin son diagnostic.

— Les véritables cas de possession sont rares. Seulement une quarantaine, chaque année, en Ile-de-France.

Une question brûlait les lèvres de Lou.

— Mon père, est-ce que ce sont les personnes, les lieux, ou les objets qui transportent les mauvaises ondes ?

— Certains troubles peuvent effectivement être liés à des objets infestés qui promènent une influence démoniaque, mais la plupart du temps, ces problèmes sont liés à la personne. Qu'elle ait été exposée à des malveillances extérieures, ou qu'elle se soit elle-même frottée à des influences sataniques…

— Qu'entendez-vous par « frottée à des influences sataniques », mon père ?

— Des pratiques ésotériques, magiques, spirites… à la mode. Chaque fois que quelqu'un fait appel à des forces sans visage, nous disons « prudence ! »

Et le père Jean-William enfonça le clou.

— Tenez ! Le simple fait de se dessiner un tatouage de Satan sur la peau vaut pacte avec le diable !

Nany frissonna.

Lou rebondit sur cette dernière phrase de l'exorciste.

— Et… par rapport à l'histoire de Stéphanie? Comment peut-elle lutter contre l'esprit du mal?

Le prêtre s'adressa à nouveau à la jeune fille.

— Êtes-vous croyante, mademoiselle?

Prise au dépourvu, elle marqua un temps d'hésitation… et baissa les yeux.

— Pas pratiquante…

— Votre cas ne me semble pas préoccupant, estima l'exorciste. La seule solution est de rétablir la paix intérieure en priant…

Il marqua une pause.

— D'ailleurs, en récitant le Notre Père, chaque chrétien ne pratique-t-il pas une forme de petit exorcisme, en demandant d'être délivré du mal?

Jean-William ouvrit le tiroir de son bureau et en sortit une petite médaille en métal doré. Il la prit dans ses mains et ferma les yeux en récitant une prière muette. Puis, il embrassa la médaille et la bénit.

— Tenez, c'est la Médaille miraculeuse de la Sainte Vierge. Portez-la toujours sur vous. Elle vous protégera.

Il ouvrit alors largement ses bras et dans un grand sourire annonça « Mes enfants, que Dieu vous garde. J'ai été ravi de faire votre connaissance. »

14

— Stéphanie, tu m'inquiètes…

Arrivée derrière Nany, Michèle était bien décidée à faire la lumière sur l'étrange comportement de sa fille durant ces derniers jours.

— Regarde-moi en face, quand je te parle.

Elle lui saisit le menton et le souleva, l'obligeant à croiser son regard. La jeune fille se dégagea d'un mouvement sec du cou. Mais Michèle insista.

— Tu étais la première de ta classe, tu ne ramènes plus que des mauvaises notes. Tu t'enfermes des journées entières dans ta chambre et refuses de voir tes amies. Tu as une mine de papier mâché. Tu ne me parles plus... et je passe sur ta nouvelle façon de te conduire en société, qui relève plus de celle d'un soudard en bordée, que d'une jeune fille de bonne famille. Alors, vas-tu enfin me répondre ? Que se passe-t-il ? Je sais que ces temps-ci ton père te manque cruellement, mais à moi aussi. Alors je te demande de faire un petit effort afin que notre cohabitation ne devienne pas tout simplement impossible ! Tu m'entends ?

Pour toute réponse, l'insolente se contenta de hurler.

— C'est bon ! Lâche-moi. Je n'ai rien à te dire ! Tout va bien.

Et elle quitta la cuisine avec fracas.

15

Nany leva les yeux, impressionnée par le 10, boulevard de Grenelle. Le bâtiment en forme de bow-window faisait penser à la proue d'un navire à l'assaut des nuages. Elle n'imaginait pas le nouveau siège des Échos-Le Parisien comme ça. Lou qui sembla entendre la réflexion silencieuse de son amie confirma.

— On est installés à Bir-Hakeim depuis septembre 2017. Je n'ai pas connu les locaux de Saint-Ouen, mais si j'en crois les anciens, je n'ai rien à regretter. C'est la première fois que tu visites un journal ?

— Oui… et c'est très impressionnant.

— Tu ne verras pas grand-chose. On va juste à la DSI. Un de ces jours, il faudra qu'on revienne. Je te ferai découvrir tout ça de fond en comble. Je t'avoue que le plus excitant est de loin l'imprimerie. Mais pour ça, il faut venir la nuit.

Ils entrèrent dans un vaste hall où des jeunes gens en tenue décontractée en croisaient d'autres portant costume-cravate.

— Ce sont tous des journalistes ?

— Oui, pour la plupart.

— Pourquoi certains sont-ils bien habillés et d'autres en tenue relaxe ?

— Ça, c'est le choc des cultures, ironisa Lou en riant. Ceux qui portent des baskets travaillent pour le Parisien, les autres, pour les Échos.

— Et, ils font quoi, là ?

— C'est l'heure de la conf.

— La conf. ?

— La conférence de rédaction quotidienne. Tous les chefs de service se réunissent autour d'une grande table. Ils commencent par débriefer le journal du jour, puis, ils proposent des sujets pour celui du lendemain.

Nany se sentit transportée. Elle ne savait pas du tout en quoi consistait le métier de journaliste, mais elle était certaine que ça lui plairait. Les portes de l'ascenseur s'ouvrirent sur deux jeunes gens en train de commenter leur soirée de la veille. Lui, portait une barbe courte, un blouson sport et un jean troué. Elle, avait opté pour un duffel-coat bleu marine et des leggins noires.

— Ça a l'air cool, la vie de journaliste !

— Oui, mais tu sais, ce n'est pas parce qu'on a l'air détendu, qu'il n'y a pas de pression. Quand il faut bosser, on bosse. Quelles que soient l'heure et la soirée qu'on avait prévue avec nos amis.

Ils enfilèrent un long couloir aux murs blanchis, tournèrent plusieurs fois à droite, puis à gauche, avant de pousser une porte à double battant.

— Voilà ! On est dans le Saint des Saints, à la DSI. Si tu préfères, c'est un peu notre clinique informatique.

Lou serra quelques mains et fonça droit sur un grand gaillard barbu aux cheveux tirés dans un catogan.

— Salut, Timothée. Tu vas bien ? Je te présente Stéphanie. Nany pour les intimes. Lui, on l'appelle le Doc. C'est le meilleur de tous ces chirurgiens du numérique.

Timothée sourit.

— Venez par-là.

Nany reconnut son ordinateur dans la masse des machines à réparer ou à paramétrer. Timothée l'ouvrit et se connecta.

— Je ne te cache pas que tu me poses un problème, Nany.

Il les regarda tour à tour.

— Par quoi je vais commencer ? Je vais essayer de t'expliquer ce qui t'arrive le plus simplement possible. Tu connais le darknet ?

D'un signe de tête, Nany fit signe « que non ». Timothée soupira.

— En gros, c'est un réseau superposé à l'Internet normal. Sa particularité ? Il permet à des gens mal intentionnés d'œuvrer dans l'ombre en préservant un anonymat total à ses utilisateurs. C'est le réseau préféré des cybercriminels, des trafiquants de drogue, bref, de tous ceux qui ont quelque chose à se reprocher…

— Et qu'est-ce que j'ai à voir avec tout ça ?

— Ton P.C. est infesté de communications parallèles remontant du darknet.

— Qu'est-ce qu'on peut faire ?

— Y'a rien à faire. C'est plus fort que nous. Enfin moi, ça me dépasse…

— Donc, il faut que je change de P.C. ?

— Je ne suis pas certain que cela suffise à résoudre ton problème…

— Comment ça ?

— C'est difficile à dire, Nany. Ne le prends pas mal…

— Pourquoi je le prendrais mal ? Dis vite ! Je t'en prie !

Timothée croisa le regard mauve de Nany. Ça lui fit froid dans le dos. Il n'avait encore jamais vu des yeux pareils.

— Allez… Dis !

— Ce n'est pas le P.C., le problème…

— Alors, c'est quoi ?

— C'est toi !

16

Le choc avait été violent. Fébrile, Nany alluma son ordinateur. Elle savait qu'en faisant cela, elle convoquait ses démons. Mais elle voulait en avoir le cœur net. Sa nuit avait été agitée. Ce n'était qu'au petit matin, qu'épuisée, elle avait enfin trouvé le sommeil. Son instinct lui disait qu'elle ne devait pas fuir son destin. Il fallait en finir avec ce jeu du chat et de la souris. À peine eut-elle ouvert une page, que le curseur s'agita.

« Bonjour Nany… Tu vas bien ? »

« Ça suffit ! Que me voulez-vous ? Ayez au moins le courage de montrer votre visage ! Auriez-vous peur d'une lycéenne ? »

« Détrompe-toi, Nany… »

« Et puis arrêtez de m'appeler Nany ! »

« Comment veux-tu que je t'appelle, ma petite fille ? »

« Je ne suis pas VOTRE petite fille. Mais qui que vous soyez et où que vous vous trouviez, je suis prête à vous affronter. Dites-vous bien que je n'ai pas peur de vous ! Alors, vous allez montrer votre gueule, oui ou non ? »

« Tu te méprends sur mes intentions, petite… Je ne veux que ton bien. Et puisque tu souhaites à tout prix voir ma tête, j'y consens. Je te donne rendez-vous ce soir à 21 heures au 4, rue du Carré Blanc, à Saint-Ouen. C'est juste après les puces. Viens seule, sans ton journaliste. Et si je vois un képi aux alentours, j'annule notre rendez-vous.

« C'est bien ce que je disais ! Vous ne pouvez pas être mon père puisqu'il est mort et qu'il est donc impossible qu'il réapparaisse sous des traits humains. Eh puis, lui, n'aurait pas eu peur de la police… »

« Quel âge avais-tu, quand il est mort ? »

« Si vous êtes mon père, vous devriez le savoir… »

« Onze ans seulement… Tu l'as vu sur son lit de mort ? »

« Non… bien sûr. »

« Alors, qu'est-ce qui te prouve qu'il est vraiment mort ? »

La remarque la glaça.

« Si tu savais comme ton attitude me fait de la peine. »

« Je serai au rendez-vous ! » conclut-elle sèchement.

Bouleversée, Nany coupa la connexion et se laissa tomber sur son lit en proie à une violente crise d'angoisse. Quelques minutes passèrent, et, insidieusement, entre deux sanglots, elle crut percevoir une voix. D'abord lointain, l'appel se rapprocha. D'où venait-il ? Elle n'aurait su le dire. Ça ressemblait à un écho intérieur. Mais pas une idée ou une intuition, non, une vraie voix, bien réelle. Et cette voix fluette lui répétait :

« N'y va pas ! C'est un piège ! »

Un instant, Nany crut à une blague.

— Qui est là ?

— Quelqu'un qui te veut du bien…

— Ça ne va pas recommencer ! ? Où êtes-vous, d'abord ? Je ne vous vois pas.

La voix se racla la gorge.

— Tu ne peux pas me voir, seulement m'entendre.

— Mais vous êtes qui, à la fin ?

— Je suis chargé de veiller sur toi.

— Veiller sur moi ? Comme un père ?

— Si tu veux…

— Une sorte d'ange gardien, alors ?

— C'est ça.

— Et c'est quoi votre nom ?

— Tu vas te moquer…

— Allez ! dites…

— Léon.

Nany pouffa de rire.

— Je te l'avais bien dit, que tu allais te moquer.

— Léon ! Léon ! C'est pas un nom d'ange gardien, ça ! Et vous faites ça depuis longtemps ?

— Quoi ?

— Ben, ange gardien !

— Non, je débute, c'est ma première mission.

— Un ange gardien inexpérimenté ! Ça n'arrive qu'à moi des trucs comme ça. Vous ne m'avez toujours pas dit où vous étiez.

— Dans ta tête…

— Dans ma tête ? Mais, on ne peut pas avoir deux âmes ! C'est impossible. Dans ce cas, laquelle des deux dirigerait, laquelle prendrait les décisions ?

— Je te souffle seulement des idées, mais au final, c'est toi qui décides. Je t'ai par exemple demandé de ne pas te rendre à ce rendez-vous, ce soir. Mais tu as ton libre arbitre, et, rien ne t'empêche d'y aller.

— Ah mais voilà ! C'est pour ça que depuis quelque temps j'ai la sensation que certaines pensées qui me viennent, certains goûts, aussi, ne sont pas les miens…

— Touché coulé.

— Et depuis quand ai-je un colocataire ? Je devrais plutôt dire un passager clandestin ?

— Tu te souviens de la soirée chez Vanessa ?

— Ah ! Si je m'en souviens !

— Eh bien…

— Attendez ! C'est vous que j'ai senti monter dans mes jambes et envahir peu à peu tout mon corps ?

— C'était pour la bonne cause, Nany.

— Vous auriez quand même pu me demander l'autorisation !

— Souviens-toi, l'appartement était infesté d'âmes errantes à la recherche d'un corps pour se réincarner. Si je n'avais pas sauté dans le tien à pieds joints, à l'heure qu'il est, l'une d'entre elles t'aurait certainement mise à la porte de chez toi.

— Ah oui ? Et qu'est-ce qui me dit que vous n'allez pas faire la même chose ?

— Si c'était le cas, il y a longtemps que ce serait fait.

— Bon, admettons... Et comment êtes-vous entré dans mon corps ?

— C'est à cause des phénomènes paranormaux auxquels tu as assisté, tu étais très vulnérable. Dans ces moments-là, on n'est plus très étanche.

— Et... votre hiérarchie vous avait donné le feu vert pour commencer à sauver des âmes ?

— Non. Je me suis fait copieusement engueuler... Ma formation n'était pas terminée.

— De mieux en mieux ! Et vous savez comment faire pour protéger une pauvre âme vulnérable comme la mienne ?

— Pas le moins du monde...

— Donc, concrètement, que faites-vous chez moi ?

— Je suis en apprentissage du métier d'ange gardien. Je te demande donc d'être très indulgente. Dis... puisqu'on doit faire un bout de chemin tous les deux, on pourrait peut-être se tutoyer ?

— Toi, tu n'as pas attendu mon accord ! Bon, ça marche, Léon ! Je te laisse, faut que je fasse ma toilette. Tu regardes pas, hein ?

— Non, promis !

— Allez, bye !

— Eh !

— Oui, quoi encore ?

— Pour ce soir... n'y va pas ! Je le sens pas.

— On verra. À plus.

17

Le 4, rue du Carré Blanc, à Saint-Ouen, correspondait à un pavillon délabré. Les fenêtres avaient été bouchées au ciment pour empêcher l'installation de squatters. Le crépi de la façade se décollait par pans entiers, découvrant des moellons humides et crasseux. La gouttière qui s'était décrochée restait suspendue dans le vide, tandis que la toiture à moitié affaissée servait de terreau à une épaisse couche de mousse verte. À cette époque de l'année, il faisait déjà noir. Les réverbères éclaboussaient la nuit de leur lueur blafarde. Sur le trottoir, un rat debout sur ses pattes arrière semblait faire le guet. À la vue de Nany, il effectua un petit saut pour retomber sur ses quatre pattes et disparut par un soupirail. Nany n'en menait pas large. Si au moins Lou avait eu l'idée de la suivre. Mais comment pourrait-il être au courant ? Elle ne lui avait pas parlé de ce rendez-vous. Elle sentit Léon s'agiter.

— Nany ! Il est encore temps d'éviter de faire une grosse bêtise. Allez ! Sois raisonnable, enfin ! C'est dangereux ! Tu sais bien que l'homme qui t'a donné rendez-vous n'est pas ton père. Alors, si tu renonces…

— Eh bien qu'est-ce qui se passera, si je renonce ? Qu'as-tu à m'offrir ?

— Oooooh ! Je sais que j'ai peu de moyens de coercition… mais si tu m'écoutes… Tiens ! Je te promets d'essayer de retrouver l'âme de ton père.

— Ah oui ? Et comment comptes-tu t'y prendre ? Tu envisages de demander une formation accélérée à ta hiérarchie ?

— Mais… et… pourquoi pas ? Tiens ! J'ai trouvé comment te faire changer d'avis. S'il t'arrive quelque chose dans cette maison, je devrais plutôt dire ce chantier de démolition, je vais me faire saquer par ma hiérarchie. Peut-être même qu'ils me demanderont de rentrer…

— Arrête ton chantage, Léon, veux-tu ? Et ouvre plutôt l'œil ! Parce que dans ce capharnaüm, j'en aurai bien besoin.

— Oh ! Mon Dieu, ce que tu peux être têtue !

Nany poussa la lourde porte en bois qui résista avant de grincer comme dans les manoirs hantés. Une énorme toile d'araignée gardait l'entrée. Une entrée ! Plutôt un long couloir crasseux non éclairé qui disparaissait peu à peu dans l'obscurité, style station de métro parisienne. Les murs étaient recouverts de consignes à l'attention des clients qui devaient venir acheter du haschich.

« Préparé votre argen avant d'entré — Les grosse coupur sont pas accepté — Caché pas le shit dans vos chaussettes en partant... »

Nany savait qu'il était encore temps de faire demi-tour. Elle sentit Léon trembler de tout son être. Mais elle voulait en finir avec celui qui lui écrivait sur Internet et qui prétendait être son père. Eh puis, ce personnage lui avait mis le doute. Et si on lui avait menti ? Si son père n'était pas mort, mais avait tout simplement voulu changer de vie, tout plaquer, tout abandonner... même elle ? Bien sûr que ce n'était pas un endroit pour une jeune fille. Si quelqu'un voulait s'en prendre à elle, que pourrait-elle faire ? Même si elle criait, personne ne l'entendrait. C'était pourtant plus fort qu'elle. Nany descendit une marche, puis deux, puis trois. Il n'y avait pas de lumière. Elle progressa à tâtons. Marcha sur des objets qu'elle parvint à identifier comme étant des seringues. On ne vendait donc pas que du shit, ici. Ses yeux commençaient à s'habituer à l'obscurité. Après le darknet, l'underground. Le noir total. Le royaume des rats, des chauves-souris... et de quelques êtres en décrochage total de la société. Elle distingua une flèche tracée à la craie blanche sur le mur de briques. Le trait oblique était dirigé vers le bas. Descendre, descendre toujours plus dans les entrailles de la bête, jusqu'à ce qu'il soit... trop tard pour revenir en arrière. Léon ne bronchait pas.

— Léon ? Tu es là ?

— Oui, malheureusement, je suis là. Et je sens qu'il va nous arriver quelque chose de fâcheux.

— Et c'est tout ce que tu trouves pour me réconforter ? Tu es ange gardien, ou quoi ?

— Ange gardien ne veut pas dire garde du corps.

— Dans ce cas, mon enveloppe charnelle, pour toi, c'est juste un cocon douillet pour attendre l'été ?

— Nany ! Ce que tu peux être susceptible.

— Chut ! T'as pas entendu un bruit ?

— Si ! Ça vient de la droite. Ne bouge plus. Il faut analyser la situation. On est mal, ça, c'est certain. Mais maintenant, qu'est-ce qu'on fait ?

— C'est toi le sauveur. Tu ne peux pas contacter ta hiérarchie pour leur demander des conseils ?

— J'ai essayé, mais ça ne passe pas. On est trop bas sous terre…

— Ah ! Bravo ! Je pensais que le télesprit marchait mieux que le téléphone.

— Oui, ben tout ça, ça ne nous dit pas comment on va s'en sortir.

La réponse venue de nulle part fut aussi brutale qu'inattendue. Une main gantée appliqua avec fermeté un tampon qui sentait fortement le chloroforme sur le nez de Nany, tandis qu'une autre lui immobilisa les poignets dans le dos. Léon poussa un petit cri d'épouvante, mais il ne put rien faire. À peine le temps de compter jusqu'à deux, que « ses yeux » se fermèrent aussi vite que lors d'une anesthésie. Bonne nuit, les petits…

18

Lou ne voyait rien. Il faisait un temps de chien. Les essuie-glaces avaient du mal à absorber les trombes d'eau qui s'abattaient sur son pare-brise. Il détestait les matins qui commencent de cette façon. Vivement qu'il arrive au commissariat central ! Comme tous les jours, le commissaire Legrand l'attendait avec un café chaud. Le premier travail d'un journaliste localier est de s'assurer qu'il n'y a pas eu de faits divers durant la nuit. Au Parisien, le fait divers était prioritaire. Ensuite, seulement, il peut assurer les reportages planifiés la veille. Lou alluma son téléphone Bluetooth et cocha le numéro préenregistré du commissaire. Un œil sur la route et l'autre sur l'écran, il maudit la météo qui ne s'améliorerait certainement pas de la journée.

— Allo ! Salut Marc, tu vas bien ?

— Oui, et toi ?

— Ça va… quoi de neuf ?

— Rien de bien palpitant. Attends, je reprends mes télex… Alors… j'ai un petit braquage chez Lidl. Tu verras les détails avec la P.J. À 11 heures les mecs de la CGT débrayent chez LOUCO pneus. Ils réclament une revalorisation de leur salaire. On a aussi chopé un type qui avait cassé douze bagnoles rue Letort, et puis… et puis c'est tout !

— Pas de mort ? Pas de noyé avec les pieds dans du béton, ni de suicidé de trois balles dans le dos ?

— Non ! Rien de tout ça. Ah ! Attends... Si, j'allais oublier. J'ai aussi une disparition inquiétante.

— Rien que ça ?

— Une gamine de 16 ans qui n'a pas reparu au domicile familial après une soirée.

— Tu peux m'en dire un peu plus ?

— Alors, attends, je relis le message... Recevons ce jour, Mme Lidol Michèle, déclarant la disparition de sa fille...

— Tu peux répéter le nom ?

La pluie redoublait et tambourinait sur le pare-brise, mais Lou s'en fichait. C'était comme si les deux mots que le commissaire venait de prononcer avaient brusquement fait chuter sa température.

Le nom c'est Lidol : lima, india, delta, oscar, Lima - Michèle, et la fille...

— Stéphanie, dite Nany !

— Tu la connais ?

— Un peu ! C'est une amie... merde, merde, merde ! J'aurais dû le prévoir !

— Prévoir quoi ?

— Je t'expliquerai au commissariat. J'arrive dans cinq minutes.

Lou se gara à cheval sur le trottoir, face au commissariat. Une jeune femme avec une poussette lui jeta un regard assassin, parce qu'elle était obligée de descendre sur la route et de contourner sa voiture.

D'habitude, Lou faisait attention à ces détails, mais ce matin, il avait bien d'autres chats à fouetter. Il attrapa son sac à dos posé sur le siège passager, claqua sa portière, actionna le verrouillage central du véhicule et monta les marches de l'escalier en courant. La fonctionnaire qui se trouvait à l'accueil, une blondinette au sourire ravageur, le salua.

— Bonjour, Camille ! Je fonce chez le patron. Y'a du lourd, ce matin.

— Ça marche !

Lou trouva le commissaire à son bureau, en train de consulter les derniers télex. Marc Legrand était un homme jovial. Le front haut, les tempes grisonnantes et une carrure de rugbyman, il était la bonté même.

— Salut Lou ! Je t'ai tout préparé. Tu veux un café ?

— Oui. Bien serré, s'il te plaît. J'ai les boules, si tu savais…

— Calme-toi. Assieds-toi. On va la retrouver, t'inquiète. Je te dis ce que j'ai, et après tu me racontes ?

— O.K.

— Alors… La susnommée, Stéphanie Lidol, demeurant 12, rue du Moulin à Vent à Beaujeu (Val-de-Marne) n'est pas reparue au domicile familial. Aux dires de sa mère, elle est sortie hier soir, peu après 20 heures. En raison des relations compliquées que la jeune fille entretient avec cette dernière, la plaignante n'est pas en mesure de nous préciser l'adresse à laquelle sa fille est susceptible de s'être rendue. Madame Lidol Michèle élève seule sa fille âgée de

16 ans, depuis le décès de son mari, Max Lidol, il y a cinq ans. Lorsqu'elle a quitté le domicile familial, la jeune fille, rousse aux yeux verts, mesurant 1,70 m, portait une doudoune bleue, un jean délavé et des sneakers blanches de marque Converse. Voilà ! C'est tout ce qu'on a pour le moment. On a lancé un avis de recherche. Et toi ? Qu'est-ce que tu sais ?

Lou raconta alors les messages bizarres que Nany recevait sur son ordinateur, la soirée de reportage chez Vanessa, la crise qui l'avait paralysée, et aussi la sensation d'être en permanence sous influence…

— J'ai peur que ce mec qui essaie de se faire passer pour son père lui ait tendu un piège, s'inquiéta Lou.

— C'est pas impossible… mais comment lui mettre la main dessus ? On n'a aucun indice. Son portable ? Tu connais son numéro de téléphone ?

— Ouais… 06 29 40 18…

— On va le borner. Le mec lui aura certainement confisqué. Espérons seulement qu'il ne va pas le détruire. C'est notre seule chance de la localiser. Je vais aussi envoyer un collègue chez les Lidol. Il restera près du téléphone, au cas où le ravisseur appelle pour réclamer une rançon, mais je n'y crois guère. J'ai bien peur qu'elle soit tombée sur un taré très loin de ce genre de préoccupation…

— Tu me tiens au courant, Marc ?

— Ouais, dès que j'ai une info, je t'appelle. Je te demande juste de ne surtout pas essayer d'intervenir seul. Ça pourrait être aussi dangereux pour elle que pour toi. Allez ! Courage, mec, on va te la ramener, TA Nany…

Et il lui donna une tape amicale sur l'épaule.

19

Nany reprenait peu à peu conscience. Elle avait l'impression d'être dans du coton. Son cerveau ramait comme un vieil ordinateur. Et puis il y avait cette odeur… Un mélange d'humidité, de salpêtre et de renfermé. Et aussi cette sensation de froid. Elle était frigorifiée… et ne se souvenait plus de rien. Où était-elle ? Depuis combien de temps ? Que lui était-il arrivé ? Elle n'avait pas envie d'ouvrir les yeux. Pas tout de suite. D'abord analyser ses sensations. Hum ! Pas terrible ! Bouche pâteuse, crâne qui menace d'exploser, légère nausée… Elle allait déjà vérifier si ses membres fonctionnaient bien. Les doigts bougeaient, les orteils aussi. Une douleur aux poignets l'avertit que de ce côté-là il y avait quelque chose d'anormal. Elle tenta de se soulever, mais une force contraire la plaqua au sol. De toute évidence, elle était attachée. C'était ça ! Pareil pour ses pieds. Impossible de bouger. Elle ouvrit un œil. Le noir complet, ou presque. L'endroit était sinistre. Une cave, probablement. Le claquement d'un battement d'ailes, puis un frottement insignifiant dans ses cheveux. Elle retint un cri. Une chauve-souris disparut dans un creux du mur de pierre. Malgré l'obscurité, elle perçut une silhouette. L'homme équipé d'un casque audio lui tournait le dos. Elle devina son profil grâce à la lueur de l'écran de son téléphone portable. Il était assis sur une chaise face à une petite table en bois. Elle préféra refermer les yeux. Tant qu'il croirait qu'elle dormait, elle ne risquerait rien. Première chose, aller voir où en était son ange gardien.

— Léon ! chuchota-t-elle, Léon ? tu m'entends ?

Mais Léon fit la sourde oreille.

— Lé-on ! C'est maintenant que j'ai besoin de toi…

L'ange gardien n'osait même pas émerger. Il risqua tout de même un œil, mais ce qu'il vit le terrorisa.

— On n'est pas tous seuls, Nany…

— Ça, j'avais remarqué.

— Non, ce n'est pas ce que tu crois…

— Comment ça ?

— C'est plus compliqué…

— Ben alors accouche !

— Le type que tu vois, ton gardien…

— « Notre » gardien, s'il te plaît !

— Eh bien ce n'est qu'un pantin…

— Un pantin ?

— Oui, il y a quelqu'un qui tire les ficelles.

— Tu veux dire qu'il travaille pour le compte d'un autre ?

— Oui, et quand je te dirai pour qui, tu ne vas pas en revenir.

— Bon, ça va… dis.

— Ce n'est qu'un exécutant…

— Oui, tu me l'as déjà dit.

Le gardien qui avait perçu le chuchotement se retourna. Nany referma les yeux. Elle n'avait pas eu le temps de voir son visage, mais elle le devinait impressionnant.

— Alors ? reprit-elle, plus bas.

— Il est sous le contrôle d'une âme errante parmi les plus dangereuses du darknet...

— Mais qui ça ? Enfin !

— Le Boucher du Suffolk... ça te dit quelque chose ?

— Absolument rien !

— Il a sévi dans les années 1960 dans un comté de l'est de l'Angleterre.

— Sa spécialité ?

— Il tuait les femmes, les éventrait et les découpait en morceaux.

Nany se raidit.

— Et... tu le vois, là ?

— Un peu, que je le vois. Il tient un long couteau de boucher et semble à l'affût de la moindre proie.

— Tu vas me défendre, n'est-ce pas ?

— C'est que je ne vois pas comment l'arrêter...

— Comment ça ? Tu ne sais pas de quelle façon l'arrêter ?

— Des mots, contre un couteau...

— Des mots ? Mais au fait, c'est vrai ! Tu faisais quoi, toi, quand tu étais vivant ?

Léon hésita à dire la vérité.

— À vrai dire, j'étais... poète.

Nany fut secouée d'un petit rire nerveux.

— Je le crois pas ! Assurancetourix, le barde dans Astérix, quoi ?

— Oui, mais moi, je ne chante pas, rétorqua Léon, vexé.

— Heureusement ! Donc, tu as peur de lui. C'est bien ça ? Et tu n'as aucun plan pour nous tirer d'affaire ?

Léon se sentit honteux et coupable.

— Attends ! Je vais voir ce que je peux faire... Il n'est peut-être pas encore trop tard.

— C'est ça ! Récite un poème...

— J'ai une idée... une vraie...

— Tais-toi, Léon ! Tais-toi...

Alerté par le conciliabule, cette fois, le gardien se leva et s'approcha de la jeune fille.

— Ah ! Tu es réveillée ma belle. Ce n'est pas trop tôt ! J'ai dû forcer la dose de chloroforme. Sais-tu que tu as dormi une nuit entière et une partie de la journée ? Je vais m'occuper de toi...

La première idée qui vint à l'esprit de la prisonnière fut que sa mère devait être morte d'inquiétude. Instinctivement, Nany referma les yeux. Mais il était trop tard. Son geôlier savait qu'elle ne dormait plus. Le ravisseur alluma une torche et se pencha au-dessus d'elle. La flamme n'éclairait qu'une partie de son visage et découvrit une longue cicatrice qui partait de l'arcade sourcilière gauche et allait jusqu'aux commissures des lèvres. Dans un ricanement, l'homme, plutôt jeune, aux longs cheveux gras, amorça un sourire. Un rictus, plutôt, qui tordit son visage et découvrit une bouche édentée. Il tenait un couteau à longue lame qu'il passa dans la flamme.

— Je vais te faire une beauté, ma chérie, dit-il en approchant la lame rougie de la joue de Nany.

Son gardien n'avait même pas pris la peine de la bâillonner. Elle se débattit en poussant un hurlement. Mais ses liens ne lui laissaient aucune marge de manœuvre.

— Tu peux crier autant que tu veux, ma jolie, ici, personne ne t'entendra. Tu es dans l'underground, dit-il d'une voix profonde, les portes de l'enfer… et moi, je suis le diable !

Nouveau ricanement.

— Léon ! articula Nany entre ses dents ? Tu fais quoi, là ?

— Je… J'essaie d'alerter Lou… de lui passer un message sur son ordinateur. Je ne suis pas encore au point… je n'arrive pas à agir sur la matière… mais qu'est-ce qui m'a pris de vouloir devenir ton ange gardien avant d'avoir fini ma formation ?

Nany ne put lui répondre, car le ravisseur se tenait tout près d'elle, mais il ne perdait rien pour attendre.

— Alors comme ça, ma jolie, on cherche son papa ?

— Va te faire foutre, connard !

Et elle lui cracha au visage.

Mais loin de le décourager, cet affront sembla au contraire ne pas lui déplaire.

— Rebelle, avec ça ! J'aime qu'on me résiste… Je sens qu'on va bien s'amuser tous les deux.

Il effleura sa joue de la lame encore chaude de son couteau.

— C'est vous, le pirate du Web ?

— Peut-être bien… ou peut-être pas…

Ses yeux se trouvaient maintenant si près des siens, que Nany pouvait en détailler les nuances de couleurs. Ils n'étaient pas marron. Leur iris offrait un festival de dégradés allant de la terre de Sienne au jaune flammé. Il s'en dégageait une sorte de folie. La jeune fille savait qu'il était illusoire de tenter de le raisonner. Pourtant, lui parler restait son seul atout. L'important, c'était de gagner du temps, coûte que coûte. Même si elle n'espérait pas voir arriver Zorro sur son cheval noir, pour la délivrer.

— Qu'allez-vous faire de moi ?

— Doucement, tout doucement, ma belle. Nous avons toute la nuit pour ça… J'adore les préliminaires. Alors tu vas rester bien sage, et faire tout ce que je vais te demander, sinon… Mais ce n'est pas dans ton intérêt de désobéir…

— Plutôt crever que de coopérer, sale porc !

— Ça, c'est ce qu'on pense au début. Sois raisonnable…

— C'est ça ! Alors pourquoi tu ne poses pas ce couteau, si tu ne comptes pas me faire de mal ?

— Je n'ai jamais dit que je n'allais pas te faire de mal… mais simplement qu'on avait tout notre temps.

Les yeux de Nany s'embuèrent. Elle avait affaire à un cinglé qui ne l'avait pas kidnappée pour demander une rançon. Elle sentit monter en elle une vague acide qui submergea sa poitrine. Elle aurait dû écouter Léon. Mais comme toujours, il avait fallu qu'elle n'en fasse qu'à sa tête. Elle allait mourir dans d'atroces souffrances, seule, dans cette cave pourrie qui puait la pisse et les excréments. Elle n'était qu'une petite conne qui n'avait finalement que ce qu'elle méritait.

Le portable du ravisseur sonna. Il s'écarta de quelques pas et se concentra sur l'appel téléphonique. Pendant ce temps, Nany en profita pour aller aux nouvelles.

— Alors ? Léon ! Tu en es où ?

— Je n'arrive pas à établir le contact. Je ne vois qu'une solution...

— Alors ? Vas-y ! Accouche !

— Il faut que je sorte de ton corps, sinon, je ne pourrai rien faire pour toi...

— Tu vas me laisser seule avec ce cinglé ? N'y pense même pas ! Tu ne me sers peut-être pas à grand-chose, mais je me sens moins seule.

— Nany... c'est notre seule chance. Une fois au Parisien, si j'arrive à attirer l'attention de Lou, ça peut le faire.

— Va plutôt à la police !

— Non, ça ne servira à rien. Ils ne m'écouteront jamais. D'ailleurs, ils ne sont pas assez ouverts pour percevoir ma présence. Le seul souci, c'est qu'une sortie de corps, ça ne se fait pas comme ça, rien qu'en claquant des doigts.

— Ouais... dis plutôt que tu es bien au chaud, espèce de pantouflard !

— Tu parles ! Il faut vraiment que tu trouves une solution pour me laisser le passage. Demande par exemple quelques tafs de shit à ton geôlier. Juste le temps de devenir un peu perméable pour me laisser le temps de sortir.

— Tu as pensé à tout ce qu'il pourra me faire, si je ne suis plus dans mon état normal ? Et puis après, si tu n'arrives pas à te réincarner dans mon corps ? Qu'est-ce que je vais devenir, moi ? Léon ! J'ai encore plus peur, toute seule. Je commençais à m'habituer à ta présence. Tu es un peu lourdaud, mais… j't'aime bien.

Léon rougit, si l'on peut dire.

— Nany, je ne serai pas long, je te le promets. Je dois contacter Lou à tout prix.

20

Contrairement à son habitude, Lou était arrivé de bonne heure au journal. Fait exceptionnel, il n'avait pas de reportage prévu dans la matinée. La secrétaire n'était pas encore là, ni même le chef d'édition. La salle de rédaction baignait pour quelque temps encore dans un silence propice à la réflexion. Le journaliste jeta son sac à dos au pied de son bureau, releva le volet roulant, ouvrit la fenêtre pour aérer et alluma son ordinateur. Il jeta un coup d'œil à la pendule de son P.C. Il était encore trop tôt pour appeler Marc au commissariat. Son premier travail, consulter les dépêches de l'AFP. La disparition de Nany ne figurait pas parmi les nombreuses alertes envoyées aux journaux par l'agence France-Presse. Instinctivement, Lou ouvrit sa messagerie. Comme d'habitude, une avalanche de mails s'affichaient sur son écran. Il les parcourut d'un œil distrait. Dans son dos, la fenêtre claqua. Le reporter se leva pour aller la refermer, puis se rassit. Il avait beau se creuser la tête, il ne voyait pas comment retrouver la trace de Nany. Et le temps qui passait jouait en sa défaveur. Déjà plus de vingt-quatre heures qu'on était sans nouvelles. Il s'apprêtait à appeler l'un de ses contacts, lorsqu'un courant d'air lui glaça le dos. Le jeune homme se retourna, surpris. Aucune fenêtre n'était ouverte. L'incident à peine oublié, une feuille de papier s'envola de la pile de documents posés sur le coin de son bureau et retomba juste sur son clavier. Cette fois, Lou fixa la page blanche, suspicieux. Puis, il la saisit et la remit délicatement à sa place. Il s'apprêtait à reprendre son travail, lorsque son ordinateur émit un long bip strident, tandis qu'un flash blanc zébra l'écran. Immédiatement, le curseur de la souris se figea.

— Merde ! Planté ! C'est pas possible du matos pareil !

Il éteignit la machine et attendit quelques secondes avant de la rallumer.

L'écran s'éclaira à nouveau, mais au lieu de se stabiliser il n'arrêtait pas de flasher. De rage, Lou administra une grande claque à l'ordinateur, qui, miraculeusement, revint à de meilleurs sentiments.

Plus capricieux que l'informatique, difficile à trouver.

Le journaliste put enfin se mettre au travail, ou plutôt essayer de travailler, car l'inquiétude le rongeait. Qu'était-il arrivé à Nany ? Il était allé voir Michèle, qui n'avait pas été en mesure de lui donner d'informations sur l'endroit où son entêtée de fille avait pu se rendre. Aucun indice… On ne s'évaporait tout de même pas comme ça dans la nature ! Quelqu'un avait bien dû voir quelque chose ! L'appel à témoin n'avait toujours rien donné, et le procureur de la République avait refusé de déclencher l'Alerte enlèvement, estimant que l'hypothèse de la fugue était tout à fait envisageable.

Lou se massa longuement les tempes pour décontracter un peu ses muscles crispés. Il n'avait dormi que quelques heures depuis la disparition de Nany, et le manque de sommeil commençait à se faire sentir. Un petit bip de sa machine le reconnecta à la réalité. Il releva la tête et ce qu'il découvrit le laissa sans voix. Comme sur l'ordinateur de son amie, le curseur de sa souris courait tout seul. Si vite, qu'il ne parvenait à écrire qu'une lettre sur trois ou quatre. Ce qui donnait un message complètement inintelligible.

« u se N y n an g 4e u ar c t uen »

Lou eut beau se creuser les méninges, il ne parvint pas à déchiffrer la phrase à trous. Une certitude cependant, quelqu'un essayait d'entrer en contact avec lui. Était-ce le ravisseur, si Nany avait été enlevée ? Dans ce cas, pourquoi n'utilisait-il pas tout simplement le téléphone ? Par peur d'être localisé ?

Lou bouillait d'impatience. D'autant plus que le correspondant masqué insistait. Cette fois, les lettres qui s'affichèrent ne furent pas les mêmes que celles du premier message.

«A cou Na e da r r d rr b c Sa O n»

Et la DSI qui ne répondait pas! Lou était sur le point de passer son P.C. par la fenêtre, quand son téléphone mobile vibra. C'était Thimotée, le Doc, qui rappelait. Heureusement qu'il avait eu la bonne idée de transférer sa ligne téléphonique sur son portable, la veille au soir.

— Salut, Lou! Qu'est-ce qui t'arrive?

— C'est une question de vie ou de mort, Thimotée.

— Carrément ? !

— Oui! La disparue de Beaujeu, ça te dit quelque chose?

— Non, mais tu vas m'expliquer...

— Pas le temps! Il faut que tu rappliques au plus vite! J'ai besoin de toi. Un correspondant anonyme essaie de m'envoyer des indices sur l'endroit où cette nana se trouve probablement retenue contre son gré, mais c'est un message à trous. Environs une lettre sur trois ou quatre. Il faut à tout prix que tu captes le faisceau et que tu décodes cette devinette...

— C'est bon! File à mon bureau. Je serai là dans moins d'un quart d'heure.

— Merci mec, t'es un vrai pote.

21

Ange gardien n'est pas un métier de tout repos. Léon l'apprenait à ses dépens. Déjà qu'il n'était pas des plus doués pour communiquer avec les vivants, il fallait en plus qu'il bataille avec certains de ses semblables. Lui qui pensait que là-haut, tout le monde était beau, tout le monde était gentil ! Depuis un bon quart d'heure, il luttait pour éviter de se faire tailler en pièces par le Boucher du Suffolk… tout en jonglant pour essayer de faire comprendre à Lou que Nany était en danger. C'était pas une vie ! Le tueur en série britannique avait dû le suivre jusqu'au journal. Il avait choisi d'apparaître sous les traits qu'il avait lorsqu'il a été arrêté, il y a dix ans, par la *Suffolk Constabulary*, la police éponyme du comté. La tignasse blonde en bataille, une barbe de trois jours sur des joues couperosées, et une énorme paire de bacchantes mettaient en perspective son tablier blanc maculé de sang. Mais surtout, son poing droit brandissait un long couteau à la lame effilée. Il venait de repérer Léon en plein ciel parisien.

— Mais, c'est bien ce qui me semblait… C'est le p'tit pédé de poète…

Et sans laisser le temps de réagir à son adversaire, il lança deux couteaux à la fois. Un de la main droite qui vint se ficher dans le comptoir en chêne du Novotel Paris centre tour Eiffel, et un autre qui manqua son but de peu. Léon eut juste eu le temps d'effectuer un salto arrière pour éviter de se faire transpercer par la lame aiguisée du maniaque au couteau. L'ange gardien ne savait comment faire pour échapper à ce fou furieux. Fort heureusement, s'il était moins fort, et surtout moins téméraire que le Boucher, il était aussi plus rapide et plus agile que lui. Dans sa ligne de mire, la tour Eiffel qui hérissait le Champs-de-Mars. Une accélération bien dosée, et voilà Léon en train de slalomer dans la dentelle de la dame de Fer. Le Boucher distancé semblait se fatiguer, mais l'ange gardien ne baissa pas la garde pour autant. En bon aviateur, il vira très sec vers la gauche et traversa le quai Branly et la Seine au niveau du pont d'Iéna. En dessous, les bateaux-mouches avalant des hordes de touristes surexcités offraient un spectacle pittoresque. Il regretta de ne pas avoir le temps d'admirer le soleil qui se levait sur la plus belle ville du monde. L'ange gardien s'élança « à tire d'ailes » vers la maison de Balzac, laissa sur sa gauche le cylindre blanc de la maison de la Radio, puis amorça un nouveau virage à angle droit avant de replonger sur le 10, boulevard de Grenelle.

Pourvu que Lou ait réussi à décoder le S.O.S. !

Lorsqu'il fit son entrée dans la salle de rédaction, les premiers journalistes étaient déjà arrivés. Un brouhaha avait remplacé le silence qui régnait un peu plus tôt dans les lieux. Mais Lou n'était plus à son poste de travail. Stressé, Léon virevolta au-dessus des grappes de journalistes qui se formaient près des points stratégiques, c'est-à-dire la machine à café, le bureau de l'adjoint du chef d'édition, ou encore celui des plus bavards. Mais Lou n'était pas là. Dieu sait ce que le Boucher pourrait bien inspirer au Quasimodo décérébré de la cave de Saint-Ouen ! Le temps pressait, et Léon ne s'était jamais senti aussi impuissant. Dans sa course folle, il en avait oublié de veiller sur Nany. Il l'entendait sangloter depuis son cachot humide. Il devait à tout prix retourner vers elle. Mais de quelle aide lui serait-il si Lou ne parvenait pas à comprendre son message ? Habituellement, les anges ne pleurent pas. Pourtant, Léon sentit une grosse larme rouler sur sa joue. Il tenta de l'essuyer, mais sa main resta sèche. Une dernière illusion de vivant, pour celui qui n'avait pas encore totalement renoncé aux sensations de la chair.

22

« Au secours ! Nany en danger. 4, rue du Carré Blanc, Saint-Ouen »

Thimothée n'avait pas mis bien longtemps pour traduire le message à trous envoyé à Lou par le correspondant fantôme. Le journaliste était parti comme un fou, brûlant les feux rouges et ignorant les stops, au mépris du danger. Maintenant, devant la porte vermoulue, il hésitait devant la conduite à tenir. Appeler Marc, le commissaire de police, au risque de faire paniquer ceux qui séquestraient Nany, ou tenter le coup tout seul et peut-être condamner la jeune fille par péché d'orgueil. Les ravisseurs étaient probablement armés, dangereux. Que pourrait-il faire contre eux? Ils connaissaient les lieux par cœur contrairement à lui. La partie était inégale, pourtant, Lou ne put se résigner à alerter les forces de l'ordre.

Pourvu qu'un équipage n'arrive pas sirène hurlante et gyrophare allumé...

Mais ce n'était plus le moment de deviser. Lou devait prendre une décision. Sans réfléchir, il poussa la porte qui répondit par un long gémissement. La nuit de ce couloir sentait le confiné. Son cœur tapait dans sa poitrine, mais il ne pouvait plus reculer. Une boule de poils lui passa entre les jambes. Le rat guetteur disparut aussi vite dans un trou du mur. Second palier. Lou commençait à se demander s'il avait bien fait de jouer les francs-tireurs. Les inscriptions sur les murs lui donnèrent une idée. Et s'il prétendait venir pour acheter du shit? Il savait qu'il n'avait pas la tête de l'emploi. Eh puis, dans ce milieu, on connaissait ses clients. Les nouveaux venus devaient montrer patte blanche avant de s'approvisionner en toute sécurité. Le journaliste entendit du bruit et s'arrêta. Ça venait d'un couloir perpendiculaire à celui qu'il empruntait. Il tendit le cou et aperçut une faible lueur qui filtrait sous une porte. Ce devait être là... Alors, quoi faire? Jouer les camés ou faire irruption façon GIGN, au risque de se prendre une balle en pleine tête? Il n'eut pas le temps de choisir. Un objet qui ressemblait à une lame de couteau appuyait douloureusement sous son omoplate droite, tandis qu'une voix à l'accent des banlieues lui ordonna de ne pas faire le fanfaron, de poser son sac à dos à ses pieds, et de mettre ses mains sur sa tête. Lou s'exécuta. La voix lui demanda ensuite de se diriger vers la lumière et de ne surtout rien tenter. Lou perçut un courant d'air au-dessus de son épaule, semblable à celui ressenti le matin même à la rédaction du Parisien. Il n'y avait pourtant pas d'ouverture ni de mouvement dans les parages... Le piège s'était refermé sur lui, comme il avait dû se refermer sur Nany. Avant qu'il n'ait le temps de réagir, un violent coup sur le crâne le fit chanceler. Puis, ce fut le rideau noir.

23

— Ah ! Te voilà enfin ?

Le retour de Léon dans le corps de Nany fit à la jeune fille l'effet d'un tsunami. Le temps de retrouver ses esprits — elle sourit rien qu'à cette pensée — et elle se montra à nouveau combative et perspicace.

— Alors, tu as réussi à prévenir Lou ?

— Euh... c'est-à-dire que...

— C'est-à-dire que quoi ? Tu lui as transmis le message, oui ou non ?

— Attends, Nany, ne t'emballe pas... Oui, j'ai prévenu Lou...

— Alors, la police va arriver et nous sauver...

— C'est que... Lou est...

— Est quoi ?

— Ils l'ont assommé et fait prisonnier, lui aussi.

— Oh non ! Alors, on est fichus ! Tu es certain de ce que tu avances ?

— J'étais près de lui quand c'est arrivé.

— Et tu n'as rien pu faire ?

— Nany… tu sais bien que je n'arrive pas encore très bien à agir sur la matière…

— Bon, ben maintenant, qu'est-ce qu'on fait ?

Le gardien de Nany avait perçu les messes basses et s'était rapproché. Au fond de la cave suintante, l'homme avait allumé un grand feu de bois et semblait prendre un plaisir jouissif à rougir la lame de son couteau en la passant et repassant dans les flammes.

— Ben, il est où, Lou ? demanda Nany.

La réponse ne se fit pas attendre. La porte de la cave s'ouvrit, et un second individu fit son entrée. Plus grand et plus menaçant que le premier, il traînait un homme évanoui en le tenant sous les aisselles. Nany ne put retenir un cri.

— Pose-le ici, à côté d'elle, et attache-le serré, ordonna le premier qui semblait être le chef. Je pense qu'il appréciera le traitement de faveur que je réserve à sa protégée.

Puis, s'adressant à Nany.

— Dommage que je sois obligé d'attendre que ton grand frère se réveille… J'ai hâte de te remaquiller façon Massaï blanche… Ça t'ira bien. Et il approcha la lame de son couteau si près de sa joue, qu'elle sentit la chaleur du métal rougi.

Au mieux, ce con va me défigurer…

La jeune fille se trouvait dans une détresse profonde que n'arrivait pas à atténuer la présence de Léon. Léon qui, faute de pouvoir influencer favorablement le destin, n'arrêtait pas de faire des petits bonds d'un bout à l'autre de l'enveloppe charnelle de Nany.

— Arrête ! Léon… Tu m'énerves.

— Ça m'aide à réfléchir.

— Ça ne fait pas avancer le schmilblick. Alors arrête immédiatement, s'il te plaît !

Un grognement vint mettre fin à leur querelle. Lou reprenait connaissance. C'était à la fois une bonne et une mauvaise nouvelle. Une bonne, car Nany n'était plus seule, mais une mauvaise, car le geôlier n'attendait que son réveil pour qu'il puisse assister aux tortures que la brute entendait infliger à sa belle. Dans un cliquetis de chaînes, il tenta vainement de bouger. Rien à faire. Il était entravé serré à une armature métallique fixée au mur de briques. À la lueur de la flamme qui vacillait au fond de la cave, il distingua l'expression du visage de Nany. Une terreur mêlée de rage.

Comment avait-il pu se montrer aussi vaniteux. Il n'était pas sur un scoop pour son journal, mais censé apporter du secours à une personne en danger. La raison aurait voulu qu'il alerte la police. Il était tout de même bien placé pour ça ! Mais non, Monsieur n'en avait fait qu'à sa tête. Et maintenant, au lieu de passer pour un héros, il allait contribuer à l'issue prévisible de cette prise d'otages. Du n'importe quoi !

Le gardien au couteau s'approcha d'eux.

— Bienvenue dans l'underground cité !

— Attendez ! Ne lui faites pas de mal, implora Lou. Libérez-la. Je prendrai sa place, mais je vous en prie, laissez-la partir...

— Comme ils sont mignons, ces tourtereaux... Je vous en supplie, laissez-la partir ! C'est ça ! Pour que les keufs débarquent ici illico ? Tu me prends pour un débile, mon pote ! Le 4, rue du Carré Blanc est une adresse où faut jamais se risquer, si on a rien à y faire. Passer devant sans même la regarder. Accélérer le pas, changer de trottoir... Le 4, rue du Carré Blanc, c'est « circulez ! Y'a rien à voir. » Même les keufs s'y risquent pas sans une compagnie de C.R.S. Mes jolis, bienvenue dans la maison de l'horreur. Mais ici, c'est pas du Disney. Faut pas vous attendre à ce que la porte s'ouvre sur un monde magique. Vous êtes dans l'underground, le monde des morts vivants.

Et il se mit à rire en se tapant sur le ventre. Un rire qui découvrit ses chicots jaunes de corsaire de la ZUP.

24

— Léon... Léon ! Il faut que tu repartes ! Toi seul peux nous sauver.

Nany avait attendu que Face de raie s'éloigne un peu, pour parler à son ange « gardien ». Mais Léon se trouvait dans la confusion la plus totale. Rester, partir, il ne savait plus... Et pour aller où ? Chez les flics pour leur dire « voilà, je suis le gentil Casper de

Saint-Ouen. Auriez-vous l'obligeance de bien vouloir voleter à mes côtés jusqu'au coupe-gorge de la rue du Carré Blanc ? » Ils ne me détectent même pas, ces insensibles ! Comment veux-tu que je leur fasse comprendre qu'il y a des gens en danger près de leur commissariat ?

L'injonction n'avait pas échappé à Lou.

— Tu parles à qui, là ?

— À personne... Tu ne comprendrais pas.

— Si tu te mets à parler toute seule, ça devient inquiétant. Écoute, une seule personne peut donner l'alerte, c'est Timothée, le gars de la DSI. Lui seul connaît l'adresse où tu es détenue. Et il sait aussi que j'allais m'y rendre. Il a peut-être même déjà appelé la police.

— Si tu pouvais dire vrai ! En attendant, notre sort me paraît plus qu'incertain. Dis, si on s'en sort, c'est quoi la première chose que tu feras ?

— Je sais pas... aller boire une bonne bière avec Marco...

— C'est qui, Marco ?

— Un pote du commissariat... le commissaire, en fait. Et toi ?

— Moi, j'irai dire à tous ceux qui comptent pour moi, que je les aime. À commencer par ma mère. Jusqu'à présent, j'ai été très injuste avec elle. Elle souffre énormément de l'absence de papa, même si elle ne se plaint pas. Et au lieu de l'aider, je lui crée des problèmes supplémentaires. Lou, tu crois qu'on va s'en sortir ?

— Ouais... Bien sûr qu'on va s'en tirer! On est à deux pas du commissariat. Tu ne crois quand même pas que le 4, rue du Carré Blanc est une zone de non-droit au cœur de Saint-Ouen! Ces pantins de banlieue qui nous séquestrent ne sont que des paumés qui tentent d'exister dans la cité. Je suis certain qu'ils finiront par nous relâcher. Ils nous testent pour voir si on va chier dans notre froc à la vue d'une lame de couteau. Mais au fond, ce ne sont que de pauvres gamins perdus.

— Je te trouve bien indulgent.

— La rue, je la connais. J'y suis né. J'ai seulement eu un peu plus de chance qu'eux, c'est tout.

— Tu ne me l'avais jamais dit.

— Ce ne sont pas des choses qu'on crie sur les toits. Mais je n'ai pas honte pour autant de mes origines. Au contraire. Mes parents sont des gens honnêtes qui ont toujours tiré le diable par la queue, comme on dit chez nous. Père ouvrier d'usine, mère au foyer. Alors les études, tu vois, ça leur passait au-dessus de la tête. J'ai dû me débrouiller seul. J'ai passé le concours de facteur pour quitter ma région déshéritée de Bourgogne et « monter » à Paris. La capitale, c'était mon rêve américain, à moi. J'ai donc distribué le courrier à Massy, dans l'Essonne, pendant un an, sans renoncer à mon rêve de devenir journaliste. Puis, j'ai commencé à piger pour Le Parisien, avant d'être embauché au Républicain, un hebdomadaire de l'Essonne. Là, j'ai trouvé un patron paternaliste qui m'a payé le CFPJ, une école de journalisme en cours du soir, pendant deux ans. Mon certificat en poche, j'ai enfin pu accéder à mon rêve, devenir un vrai journaliste pour Le Parisien. Tu vois que j'aurais très bien pu mal tourner, moi aussi. Passer du côté sombre… du côté du darknet…

Les deux jeunes gens se turent, engourdis par le poids de la confidence. Ils n'étaient pas croyants, ni l'un, ni l'autre, mais si leur vie devait s'arrêter là, nul besoin de prêtre pour les confesser. Ils s'en iraient sereins, avec ce secret de l'autre, le sourire aux lèvres, et le cœur léger.

— Lou, donne-moi la main.

Le journaliste étendit son bras jusqu'à la limite du fer qui blessait la chair de son poignet et saisit la main de Nany. Elle était froide et chaude à la fois. Ils s'arrêtèrent de parler. Leurs forces étaient en train de fusionner, et, quel que soit le sort qui leur était réservé, rien ne pourrait plus jamais se mettre entre eux deux. À part, peut-être, cette chose qui pulsait au fond de Nany comme un petit supplément d'âme, et qu'elle appelait « Léon ».

II

Noirs desseins

25

Léon volait au-dessus de la capitale, l'âme ébouriffée, bien décidé à ne pas se laisser impressionner par le Boucher. Il avait téléchargé la version furtive de son plan de vol pour ne pas être détecté. Le temps pressait, car ayant la capacité de voir tout ce qui se passait sur terre, il savait que la disparition de Lou avait fait grand bruit à la rédaction du Parisien. Mais il avait aussi appris que l'information n'était pas remontée jusqu'à Timothée, plongé en permanence dans les entrailles des ordinateurs à réparer. Et les journalistes, bien sûr, ignoraient que Timothée connaissait l'adresse à laquelle s'étaient rendus Nany et Lou. Il devait à tout prix réussir à le prévenir. Mais l'informaticien semblait aussi imperméable au monde de l'au-delà, que ses machines aux sentiments de leurs utilisateurs.

Alors qu'il passait sous l'Arc de Triomphe, l'ange gardien ressentit une mauvaise vibration. Le Boucher se trouvait-il dans les parages ? Il n'avait pourtant pas hésité à effectuer un grand détour, juste pour ne pas le croiser, et voilà que ce cauchemar se trouvait à nouveau sur son chemin. Le Grand Palais et son squelette cristallin défilèrent sous lui, ainsi que la dame de fer transpercée par un soleil chahuteur. Plus de temps à perdre, il devait plonger sur le quartier de Grenelle. Mais, alors qu'il s'apprêtait à franchir le mur du son,

Léon fut contraint d'amorcer un freinage d'urgence. Le Boucher, armé jusqu'aux dents, lui barrait la route, le fixant de ses petits yeux sanguinaires. Léon amorça un virage à angle droit et manqua de terminer sa course dans le clocher de l'église Saint-Jean-Baptiste. Il redressa sa trajectoire et visa l'entrée de l'édifice. Ouf ! C'était passé de justesse…

Les églises sont des refuges que nul ne peut violer, pas même une âme errante. Le droit d'asile, c'est sacré !

Mais c'était mal connaître le Boucher qui s'engouffra à la suite de Léon. L'ange gardien eut juste le temps de se dissimuler dans un tuyau du grand orgue. Si le Boucher le repérait, il était fichu…

— Je t'aurai ! P'tit pédé, cria le monstre en jonglant avec ses couteaux.

26

Pendant ce temps, Lou n'était pas resté inactif.

— Qu'est-ce que tu fais ? demanda Nany.

— Chut ! L'abruti qui nous garde a mal refermé l'une de mes menottes. Je vais essayer de libérer ma main. Mais le bord du bracelet me cisaille le poignet.

Il avait beau tenter d'user le métal sur le rebord de la pierre à laquelle il était attaché, le maillon ne cédait pas, et il craignait de faire trop de bruit. Comme s'il avait deviné le dessein du journaliste, Face de raie s'approcha de lui.

— C'est pas bientôt fini ce bordel ?

Puis, s'adressant à Nany.

— Maintenant, à nous deux ma belle. L'heure est venue de m'occuper de toi.

Il attrapa un foulard crasseux posé sur le dossier d'une chaise et s'approcha d'elle. Puis, il la bâillonna solidement.

— Nous allons passer aux choses sérieuses, annonça le ravisseur qui avait partiellement libéré la jeune fille pour l'obliger à se dénuder.

En sous-vêtements, Nany grelottait. Lou serra les dents. Son bracelet de fer tenait toujours bon. Ses yeux ne pouvaient se détacher de la lame du couteau que Face de raie faisait rougir à la flamme. Lorsque ce dernier s'avança les yeux brillants vers sa victime, il tira violemment sur ses chaînes. Mais cela n'eut d'autre effet que de meurtrir un peu plus ses poignets. Nany sanglotait. Face de raie approcha la lame de ses joues mouillées.

— Vous ne pouvez pas faire ça !

Le tourmenteur se retourna, surpris.

— Et pourquoi je pourrais pas faire ça ? Tu préfères peut-être inaugurer la séance…

— Vous ne pouvez pas, parce que vous n'êtes pas foncièrement mauvais, improvisa Lou. Je connais la rue, ses codes et sa violence. Je m'en suis sorti. Je vous garantis que si vous la laissez partir, la police ne sera pas prévenue.

— Arrête ton baratin. Ça marche pas avec moi. Tu voudrais que je fasse confiance à un pisse-copie qui rate pas une occasion de raconter des conneries sur la cité? Fallait pas t'aventurer ici, mon pote. Si tu connaissais aussi bien la cité que tu le dis, tu le saurais. Allez! Assez perdu de temps. À nous deux, ma déesse. Les rousses me font bander. Tu perds rien pour attendre.

Et il approcha la lame de son couteau si près de la joue gauche de Nany, que ça sentit le cochon grillé. Au moment où il était sur le point de la défigurer, la porte s'ouvrit violemment, et le second de Face de raie fit son entrée.

— T'as pas dit aux frérots qu'aujourd'hui y'a pas de daube?

— Si, pourquoi?

— Y'a un mec chelou qui traîne à l'entrée. Il dit qu'il veut te voir.

— Dis-lui que c'est pas le moment.

— Je lui ai dit, mais il insiste.

— Putain, j'espère que tu me la joues pas à l'envers, parce que sinon, je te coupe les couilles.

— Véridique, mon frère! Va voir toi-même...

— Reste avec eux, je reviens.

Mais numéro 2 sortit à son tour. Nany et Lou se retrouvèrent seuls dans leur cachot. Ce dernier en profita pour continuer à user le maillon qui le retenait à l'attache métallique fixée au mur. Quand enfin il parvint à écarter les deux morceaux du bracelet, Face de raie réapparut, manifestement agacé.

— Je t'avais dit de rester avec eux...

— Il pouvait rien se passer...

— On sait jamais... Va chercher du bois pour alimenter le feu.

Lou savait que ce serait peut-être le dernier moment pour tenter quelque chose. Il appela son gardien.

— J'ai envie de pisser !

Face de raie hésita, puis finit par s'approcher.

— Je détache ta main droite. Tu pisses là, dans le coin. Et pas de conneries, hein ?

Au moment où ce dernier se pencha au-dessus de lui, Lou passa la chaîne qui entravait ses poignets par-dessus la tête de Face de raie et commença à l'étrangler.

— Tu nous détaches, ou je te crève. La clé ! Vite !

Mais Face de raie était coriace. Il aurait préféré crever, plutôt que d'obéir. Lou resserra son étreinte. Le ravisseur suffoquait.

— La clé !

Cette fois, l'autre échappa le trousseau. Lou se baissa prudemment en entraînant Face de raie sans desserrer l'étau. Il dut se contorsionner pour saisir les clés sans lui donner trop d'aisance et réussit finalement à déverrouiller le second bracelet. Puis il entrava son geôlier, dénoua le bâillon de Nany et l'enfonça dans la bouche du gardien.

— Tiens ! Si t'as pas sucé de doudou depuis un moment, ça va t'occuper.

Il courut enfin libérer son amie.

— Passe juste ta doudoune et ton jean. Pas le temps de t'habiller. Faut pas traîner ! Si l'autre revient...

Leurs regards se croisèrent. Les yeux embués de Nany brillèrent dans la demi-pénombre.

— Vite ! Par ici ! En espérant que numéro 2 ne se mette pas en travers de notre route.

La cage d'escalier était plongée dans l'obscurité. Les fugitifs progressaient à tâtons. Lou tenait la main de Nany, serrée.

— Fais attention, Lou… L'autre est dehors.

— T'inquiète… Ça va aller…

Un bruit feutré dans l'escalier. Les jeunes gens s'arrêtèrent net, haletants, le corps tendu, plaqué au mur crasseux. Ce n'était qu'un rat qui déguerpissait.

— C'est le Guetteur ! Ce qu'il m'a fait peur, ce con ! dit Lou.

Ils continuèrent leur progression dans l'antichambre de l'underground Word. Mais, arrivé au premier palier, Lou détecta une présence. Pas de doute, cette fois, il s'agissait bien de numéro 2.

— Merde ! On est coincés…

Nany retint son souffle. L'homme de main leur tournait le dos. Il était en train de griller une cigarette. Lou se baissa pour ramasser une pierre qui calait l'une des portes palières.

— Reste en retrait, dit-il à voix basse.

Il soupesa le caillou.

— Faut pas que je le rate, sinon…

— Lou ! Sois prudent, murmura Nany en le retenant.

Il s'apprêtait à viser Numéro 2, lorsque ce dernier se retourna.

— Cours Nany ! T'occupe pas de moi !

Décontenancé par la fuite en désordre de ses prisonniers, Numéro 2 hésita un instant, avant de se précipiter sur Lou. Plus agile que son adversaire, le journaliste parvint à éviter la charge du taureau. Mais en se retournant, il aperçut un objet brillant dans le noir. Ce n'était pas un couteau. Lou put voir le canon luisant de l'arme. Sans sommations, Numéro 2 appuya une première fois, puis une seconde fois sur la détente. Un trait d'acier perfora le corps du jeune homme sous l'omoplate droite. Le temps s'essoufflait. Sa vue se brouilla. Qu'est-ce qu'il avait mal ! Eh puis, cette certitude de perdre pied...

— Noooon ! Lou !

Encore un cri, celui de Nany... avant le grand noir.

27

Le Boucher était là, tout près de son repaire. Léon le sentait. Il avait si peur qu'il était persuadé que les battements de son cœur le trahissaient. Et l'autre qui inspectait un par un les tuyaux de l'orgue pour débusquer son gibier. Dans un sursaut de courage, l'ange gardien se propulsa dans le tuyau voisin. À sa grande surprise, ce déplacement produisit un son proche de celui d'une corne de brume. Le S.O.S. sonore se répandit dans la nef de l'église. Guidé par les vibrations, Le Boucher se lança à sa poursuite. Léon, plus agile, devançait toujours un peu son poursuivant qui ne lâchait pas la partie pour autant.

Bientôt, la course effrénée des deux âmes errantes sautant de tube en tube produisit le plus cacophonique des concerts jamais donné à Saint-Jean-Baptiste. À tel point que le bedeau accourut en criant au miracle.

— Mes frères ! Mes frères ! C'est Notre Seigneur qui se manifeste par la voix de notre grand orgue. Faisons-lui honneur en lui offrant le plus beau Notre Père dont nous sommes capables !

Indifférentes à l'hommage qui se préparait dans la maison du Seigneur, les deux âmes errantes continuèrent de chauffer l'alliage d'étain et de plomb, produisant une symphonie que les vivants auraient eu bien du mal à retranscrire sur une portée. D'un refuge à l'autre, Léon se rendit compte que les tubes d'un orgue d'église n'étaient pas tous du même diamètre. Il sauta donc de préférence dans les plus étroits, en espérant que le Boucher finirait par rester coincé. Et c'est finalement ce qui se produisit. Alors que les fidèles prosternés achevaient leur prière, un son insoutenable sortit de l'un des tubes. Un son continu et peu raffiné, qui faisait penser à celui d'un cor de chasse. Incrédules, ces derniers se redressèrent, fixant tout à coup le grand orgue avec méfiance. Dieu leur imposerait-il une épreuve dont le message passerait par cet instrument de musique ? Le curé fut appelé en urgence auprès de ses ouailles, afin de faire le trait d'union entre le Ciel et la Terre.

Laissant le Boucher à son triste sort, Léon en profita pour ressortir de l'église. Il apprécia le vent frais qui soufflait sur Paris. Les rues du quartier étaient quasiment désertes à cette heure de la journée. Lui, qui de son vivant avait toujours rêvé de piloter un hélicoptère, prenait du plaisir à prendre les courants ascendants et à se laisser porter dans les airs. Dommage qu'il n'ait pas le temps de savourer plus longtemps ces sensations nouvelles. Sous lui, les rares piétons avaient la taille de fourmis. Mais ce n'était pas le moment de rêvasser. Nany lui avait confié une mission de la plus haute importance. Signaler à Timothée qu'elle et Lou étaient en danger à deux pas d'ici, dans les entrailles du monde civilisé. À l'approche du boulevard de Grenelle, inversion des réacteurs. Léon se concentra pour tenter d'entrer en communication avec le Doc. Mais son système binaire, 0 et 1, n'était pas exactement celui utilisé par les Humains pour communiquer. Il entra dans le grand hall à la vitesse de la lumière, manqua de s'encastrer dans le pilier de la cage d'escalier, réduisit encore les gaz, pour se poser en planant au milieu de la table de conférences. C'est alors qu'il se rendit compte qu'il ne savait pas où travaillait le Doc. Mettant son scanner terrestre en route, il entreprit de chercher Timothée. Mais dans une telle fourmilière, pas facile de s'y retrouver. S'ils arrivaient à temps, rue du Carré Blanc, ce serait un sacré coup de chance…

28

À Saint-Ouen, le temps s'était arrêté. Dans la lumière vacillante des gyrophares de pompiers, des ombres s'agitaient. Sur le pas de la porte, le rat guetteur suivait les allées et venues des secouristes. Léon frissonna, comme du temps où il était vivant. Quelqu'un avait appelé les secours. Était-ce Timothée ? Soudain, il aperçut deux taches blanches posées à même le bitume sale de la rue du Carré Blanc. Ces taches blanches, il les aurait reconnues entre mille. C'est là-dedans qu'on l'avait enfermé — il en étouffait, rien que d'y repenser — le jour où on l'avait retrouvé pendu à l'escalier de son coquet pavillon de banlieue, quand James, l'amour de sa vie, l'avait abandonné sans prévenir… Ces deux housses blanches qu'il voyait sur le trottoir, étaient, il le savait, des garde-manger pour croque-morts. Nany… Lou… Impossible ! Non ! Rembobinez la scène ! Il devait y avoir une erreur dans le scénario. Un homme et une femme étaient penchés au-dessus des sacs à viande. La femme faisait des photos. Elle appartenait probablement à l'identité judiciaire. L'autre, avec les nombreuses barrettes sur les épaulettes de son costume sombre — Léon n'avait jamais su reconnaître les grades — devait être le directeur d'enquête. Il percevait des bribes de leur conversation.

— Ils étaient si jeunes… regretta la femme.

— Seize et vingt et un ans, c'est ça ?

— Quelque chose comme ça.

— On a leurs identités ? C'est arrivé comment ?

— Oui. Ce sont deux marginaux bien connus des services pour vente de stupéfiants, notamment…

— Ils sont morts comment ?

— L'un a été abattu par un collègue en état de légitime défense. L'autre a retourné son arme contre lui, quand il a compris qu'ils étaient faits.

Et la photographe remonta la fermeture Éclair de la housse la plus proche d'elle.

Léon en aurait presque oublié de fournir l'énergie minimale pour se maintenir dans l'air poisseux de la banlieue rouge. L'ange gardien enchaîna deux loopings, suivis d'un salut façon pilote de chasse, avant de s'éclater sur la vitre de la porte ouverte d'un véhicule de secours. À sa grande surprise, il ne l'avait pas traversée comme les défunts héros de ses romans, et se retrouva à moitié assommé. Pour autant, ce qu'il vit de l'autre côté du carreau valait bien une petite bosse. Nany était là, assise dans le fourgon, aux côtés de Lou. Elle lui épongeait le front en pleurant, tandis qu'un infirmier lui assurait qu'il allait s'en sortir. Léon se sentit tout à coup une âme de midinette. Son Chamallows de cœur en fut tout bouleversé. Il eut envie, comme autrefois, d'écrire l'un de ses plus beaux poèmes. L'ange gardien les observa un moment avant de monter dans le véhicule et de se poser sur l'épaule de la jeune fille. Nany détecta immédiatement sa présence et lui parla comme lorsqu'il était dans son corps.

— Léon... Je ne sais pas comment te remercier ! Sans toi, nous serions morts tous les deux. Quand les policiers sont arrivés, Numéro 2 s'apprêtait à achever Lou et Face de raie avait posé le canon de son pistolet sur ma tempe. Après, tout est allé très vite. Les flics étaient en train de négocier avec les ravisseurs, mais les deux hommes se sont écroulés… l'un après l'autre. Je crois qu'ils ont été abattus par des tireurs d'élites postés sur les toits. Oh ! Léon… J'aimerais pouvoir t'embrasser !

L'ange gardien rougit, comme à chaque fois que Nany lui faisait un compliment. Mais ça, lui seul le savait.

29

L'histoire de Nany et de Lou fit les gros titres de la presse et du Web. Dans la rue, on les reconnaissait, on les apostrophait. « Vous êtes les miraculés du Carré Blanc ? Ça fait drôle de vous voir en vrai… » Une notoriété dont les jeunes gens se seraient bien passés. Fraîchement sorti de l'hôpital où il avait été opéré en urgence, Lou se remettait doucement. La balle qui l'avait transpercé n'était passée qu'à deux millimètres de son poumon droit. Un miracle. Il portait encore un bandage, mais la douleur était devenue supportable, et ses forces revenaient de jour en jour. Quant à Nany, elle était devenue l'héroïne de la classe de seconde L2. Son professeur de français lui avait même demandé de mener un débat sur le thème « Instinct de survie, ou la vie après avoir frôlé la mort. »

Michèle avait organisé un grand déjeuner pour fêter leur retour. Un mois déjà que les événements s'étaient déroulés. Elle avait eu si peur de perdre Nany. Après Max, elle ne s'en serait pas remise. Et c'était une Nany apaisée qu'elle avait retrouvée, peut-être un peu différente, bien sûr, mais tellement plus équilibrée, affectueuse et attentive. Elles s'étaient beaucoup parlé. Avaient abondamment pleuré, aussi. Un passage nécessaire pour balayer ces années d'incompréhension mutuelle. Les yeux de la jeune fille lançaient toujours des éclairs mauves, mais ils reflétaient maintenant la force et l'envie de vivre.

— Je vous sers, Lou ? demanda Michèle, un peu maniérée, en approchant une énorme tranche de gigot de son assiette.

— Maman, Lou t'a déjà dit de le tutoyer…

— Pardon, ma chérie, mais j'ai du mal. Alors, Lou, veux-tu du gigot ?

Et les deux femmes éclatèrent de rire.

— Dommage que Timéo ne soit pas là, regretta Lou.

— Lui, pour réussir à le garder à la maison, il faut se lever de bonne heure, lança joyeusement Michèle. À l'heure qu'il est, il doit se faire dorer la pilule sur la plage de Cape Town, en Afrique du sud. Là-bas, il fait 35 degrés. On va pas le plaindre !

Et tous les trois levèrent leur verre.

— Allez ! À la santé de tous ! décréta Lou

— Santé ! Santé ! répétèrent en chœur les deux femmes.

— Et paix retrouvée ! ajouta Lou en fronçant le sourcil à l'adresse de Nany.

Les beaux jours étaient désormais bien installés, et Michèle avait ouvert la porte-fenêtre du salon. Il flottait dans l'air un parfum de renouveau qui aurait donné envie aux plus défaitistes d'escalader des montagnes. Un pousse-café pour digérer le copieux repas, et Lou s'assoupit dans le fauteuil de Max tandis que Nany redescendait de sa chambre avec un objet plat et rutilant dans les mains.

— Lou ! C'est mon nouveau P.C. ! Tu veux l'essayer ?

— Carrément ! Ouah ! Tu t'es fait plaise, lança-t-il en avisant l'ordinateur portable.

Nany ouvrit le P.C., l'alluma et orienta l'écran vers Lou.

— C'est la dernière version de Windows. Elle est super-rapide. Tiens ! Essaie !

Le journaliste tapa « Carré Blanc » et la machine lui ressortit les dizaines d'articles de presse générés par l'affaire.

— Oh non ! Pas ça ! protesta Nany, faussement contrariée.

— Bon, tu préfères que je cherche ce qu'on dit sur le prénom Nany…

Il inscrivit les quatre lettres, en haut à gauche, dans la barre d'adresses.

— Nany, inversion phonétique de Nina. Deuxième prénom de Christiane. Vient du latin *christianus* qui signifie *disciple du Christ*… Tu le savais ?

— Ma foi non ! s'amusa la jeune fille. Tu veux un autre café pour te réveiller ?

— Oui, je veux bien, s'il te plaît…

Elle se leva pour mettre une capsule dans la machine. Lou somnolait déjà. C'est le bruit de la tasse brisée qui le sortit de sa torpeur. Son amie s'était immobilisée. Elle fixait l'écran de l'ordinateur, les lèvres tremblantes.

— Lou... ça recommence...

Le journaliste ne put que constater la course effrénée du curseur de la souris qui écrivait sur la page blanche, « Nany... on n'échappe pas à son destin... »

30

— Cette fois mes petits, il va falloir la jouer sécurité. Plus question de se prendre pour des héros. Vous n'êtes pas sur Battlefield, lança le commissaire, en levant un sourcil accusateur vers Lou. La cybercriminalité, c'est une affaire de pros.

Lou et Nany étaient assis face à Marc, dans le grand bureau capitonné où le reporter avait si souvent pris le café en tête à tête avec le boss. Mais cette fois, le patron était soucieux.

— Lou, je dois te dire que cette affaire dépasse, et de loin, les compétences d'un petit commissariat de banlieue. Nous n'avons ni les moyens, ni le temps de nous lancer dans des investigations de cette ampleur. J'ai demandé à être dessaisi du dossier. C'est l'Office central de lutte contre la cybercriminalité qui prendra le relais. Les deux gusses qui vous ont appâtés ne représentent qu'une tête de réseau. Des lampistes. Derrière ce rideau de fumée se planque une machine de guerre impitoyable. Vous n'avez même pas idée de sa puissance. Je vais vous adjoindre une protection discrète, le temps que les choses se décantent. Vous restez totalement en retrait, c'est O.K. ? Sinon, je ne réponds plus de votre sécurité.

Lou et Nany hochèrent la tête.

— C'est compris, Lou ? Pas question de t'offrir un petit scoop... O.K. ? Je le répète, il en va de votre sécurité. On a affaire à des gens sans morale qui jouent des milliards. Pour eux, une vie ne pèse pas lourd. Allez ! Je vous libère. S'il y a du nouveau, n'hésitez pas à m'appeler. Je ferai remonter à l'Office. Et il tendit une main ferme à Lou.

— Bonne journée, mademoiselle, dit-il en se levant pour amorcer une courbette respectueuse.

Dehors, l'air de la cité paraissait plus épais qu'à l'habitude. Les jeunes gens se dévisagèrent, inquiets.

— Comment on en est arrivés là, Lou ?

— On n'a rien fait pour ça... c'est la vie. Désolé pour ton père. Je me demande toujours comment quelqu'un d'autre a pu avoir accès à vos secrets de famille.

— C'est rien. Je n'ai jamais cru que c'était lui qui m'écrivait. Au fait, il faut que je te dise, pour Léon...

Elle sentit l'ange gardien s'agiter.

— On avait dit que ça restait entre nous, pesta ce dernier.

— Oui, mais Lou, c'est pas pareil...

— Ah ! Oui ?

La jeune femme perçut une pointe de jalousie dans la répartie de Léon.

— Tu disais ? demanda Lou.

— Non, rien. Si on allait boire quelque chose au Mac Do. Ce n'est pas *Le Café de Flore* ni *Les Deux Magots*, mais ça fera l'affaire.

— Marché conclu.

Les jeunes gens traversèrent la rue. Dans le hall de l'immeuble qui bordait l'avenue, un homme en imperméable, chapeau baissé sur les yeux, observait leurs moindres faits et gestes. Il sortit un téléphone portable et prit plusieurs clichés. Des vues d'ensemble, puis des gros plans. Écrasa sa cigarette sur le trottoir d'un twist du pied, puis approcha l'appareil de sa bouche, façon micro.

— Ici Dark Punk ! Mission accomplie. Les cibles vont au Mac Do. Attends vos ordres.

31

Lou avait accueilli la nouvelle de « l'existence » de Léon avec scepticisme. Mais il s'était bien gardé de le montrer. Il se disait que Nany était une jeune fille sensible et impressionnable, et qu'avec tout ce qu'elle avait subi ces derniers temps, elle avait tout simplement besoin de se rassurer. Après le Mac Do, il avait insisté pour qu'elle l'accompagne au Bois de Vincennes. Prendre l'air leur ferait le plus grand bien. Ce n'était pas dans l'habitude de Nany de sécher les cours, mais elle se disait que manquer les deux heures d'éducation physique n'allait pas la pénaliser outre mesure. Eh puis, marcher au grand air était une activité physique comme une autre. Rien de tel pour se détendre, et ils en avaient bien besoin en ce moment. Ensuite, Lou avait voulu la raccompagner chez elle. Mais elle ne tenait pas à signer son école buissonnière.

Dans la rue, les oiseaux chantaient le renouveau. Elle passa devant la boulangerie. Une odeur de pain chaud et de viennoiseries lui mit l'eau à la bouche. Mais elle résista. Pas question de revenir sur les bonnes résolutions prises quelques semaines auparavant. Sa jupe flottait sous la brise légère. Un homme d'âge mûr se retourna sur son passage. Elle surprit son regard dans le reflet de la vitrine du fleuriste, sourit et gonfla son corsage. Malgré tous ces signes annonciateurs de douceurs, elle ne parvenait pas à se détendre complètement. Les avertissements du commissaire résonnaient comme une menace omniprésente. Elle se retourna pour voir si personne ne la suivait… et n'entendit que les roucoulements d'un couple d'amoureux qui s'embrassaient, à trois pas derrière elle. Mais au fait, où était sa « protection rapprochée », pour reprendre les termes du policier ? Soit très discrète. Soit inexistante. Nany se força à penser à autre chose. Il ne fallait quand même pas psychoter. Elle s'engagea, confiante, dans la rue des Rosiers. Léon, jusque-là silencieux, choisit ce moment pour intervenir.

— Sois prudente, Nany, ce silence ne me dit rien qui vaille…

Mais elle le rabroua vertement.

— Ça va, le rabat-joie ! On ne va quand même pas m'enlever en pleine rue !

Vexé, Léon ne répondit rien, mais se pelotonna au creux de son âme.

— Alors ? Tu me conseilles quoi ?

— Tu es injuste, Nany. J'essaie seulement de te mettre en garde. Si tu m'avais écouté, nous n'en serions peut-être pas là.

— Je crois entendre ma mère ! O.K. ! À Saint-Ouen, je me suis jetée dans la gueule du loup ! Mais ici, je ne vois pas ce que je risque…

Tout en prononçant ces mots, elle monta les quelques marches du perron, fouilla au fond de son sac à main pour trouver son trousseau de clés qu'elle avait, comme d'habitude, égaré… et finit par l'exhumer d'une poche intérieure du fourre-tout. Lorsqu'elle engagea la clé dans la serrure… celle-ci résista. La jeune fille maugréa. Elle devait s'être trompée de clé. Elle vérifia. Pas de doute, c'était pourtant bien la bonne clé. Un détail attira alors son attention. Elle passa son doigt sur la serrure. Une bavure du métal lui griffa l'index. La serrure avait été forcée. La jeune fille appuya machinalement sur la poignée, et la porte s'ouvrit. À la vue du désordre qui régnait dans l'entrée, Léon étouffa un cri, tandis que Nany en échappa son sac à main. On aurait dit qu'un ouragan était passé par-là. Il ne restait que des morceaux du vase de

Chine posé sur le guéridon. Le tapis d'Aubusson lacéré pendait tristement, tandis que les tiroirs du petit secrétaire étaient ouverts, les papiers qu'il renfermait étalés sur le sol.

La maison avait été cambriolée.

Tremblante, Nany avança jusqu'à la cuisine. Le même spectacle l'y attendait. La vaisselle de porcelaine jonchait le carrelage composé de tomettes, et les portes béantes de la cuisine équipée vomissaient le stock de provisions.

Sa mère était absente. Nany recula et glissa sur un morceau d'assiette. Choquée, la jeune fille éclata en sanglots, tandis que sa main agrippait la rampe de l'escalier. Devait-elle monter à l'étage. Là-haut, tout semblait normal, à un détail près, la porte de sa chambre était entre-ouverte. Or, elle était certaine de l'avoir fermée avant de partir. Nany monta à pas de loup et la poussa doucement. Elle eut juste le temps de voir une silhouette noire enjamber la fenêtre. L'homme, de forte corpulence, portait une cagoule. Il se retourna et la fixa une fraction de seconde avant de disparaître. Nany n'oublierait jamais ce regard mi-humain, mi-animal. Son cri résonna dans toute la maison et elle se laissa glisser le long du mur en pleurant à chaudes larmes.

Sa chambre avait été saccagée. L'armoire en chêne recrachait ses sous-vêtements éparpillés sur la moquette. Le visiteur n'avait pas hésité à fracturer les tiroirs de son bureau avant d'en vider le contenu. Lit défait, matelas retourné, oreillers éventrés, Nany vivait un cauchemar. Elle voulut vérifier si sa cachette avait été découverte. De l'endroit où elle se trouvait, elle pouvait voir un pan de moquette soulevé, sous l'armoire, et un trou béant. La lame de parquet avait été ôtée, et le coffret n'était plus là.

C'était là que Nany rangeait jalousement le téléphone portable ayant appartenu à son père, ainsi que son adresse e-mail de l'époque. Elle resta prostrée un long moment face au mur le plus ensoleillé de sa chambre de jeune fille sur lequel le cambrioleur avait tracé deux mots à la peinture noire.

DARK PUNK!

32

Avec sa couleur terre d'ombre, l'hôtel New-York de Disneyland Paris n'était semblable à aucun autre. Lou s'y était déjà rendu à plusieurs reprises lors de reportages, mais c'était la première fois qu'il y venait de nuit. L'ensemble tentait de véhiculer l'idée du rêve américain, une notion assez étrangère au Français moyen qu'il était. La décapotable du journaliste passa sous l'énorme porche gardé par des hommes en noir équipés d'oreillettes, puis s'immobilisa sur le parking qui lui faisait face. Quand il avait proposé à son rédacteur en chef de couvrir La Nuit du hack, à Disneyland Paris, Lou avait sa petite idée derrière la tête. Ce soir, les meilleurs hackers de la planète seraient là. Les Chevaliers blancs, comme on les surnomme, se mesureraient lors d'un tournoi informatique qui durerait une journée et une nuit. Et, si les entreprises du C.A.C. 40 avaient récupéré la plupart d'entre eux pour sécuriser leurs réseaux informatiques, dans leur jeunesse, tous ou presque, avaient débuté en s'introduisant illégalement dans les systèmes les plus sophistiqués. Pour ces Fantômas du Web, le darknet n'avait probablement aucun secret. Mais il ne voyait pas comment il parviendrait à convaincre l'un d'entre eux à lui venir en aide.

À peine arrivé dans le hall, Lou dut montrer sa carte de presse qu'on ne lui demandait que rarement. Une hôtesse Disney arriva prestement. Après l'avoir salué, elle lui demanda de patienter en attendant que le président de cette grande soirée, un Suédois, vienne le chercher. Suffisant, un téléphone greffé à chaque oreille, l'homme en costume cravate gris anthracite ne prêta que peu d'attention au nouveau venu, et Lou fut à nouveau confié aux bons soins de l'hôtesse d'accueil. Lorsqu'il accéda à la grande salle décorée pour l'occasion, le jeune homme ne put s'empêcher d'admirer le savoir-faire de Disney. Sous une voûte étoilée bleu nuit, les hackers étaient rassemblés par grappe de trois ou quatre. Un écran géant monté sur une estrade projetait des spots publicitaires pour du matériel informatique hautement sophistiqué. Tandis qu'à grand renfort de boissons énergisantes, des énergumènes barbus aux cheveux longs, penchés sur des claviers luminescents, s'activaient à des tâches que Lou avait du mal à identifier. Le journaliste choisit de faire le tour de la salle pour tenter de repérer l'équipe susceptible d'accepter de communiquer. Mais les guerriers blancs étaient bien trop occupés à paramétrer leurs ordinateurs pour faire attention à lui. Après avoir essuyé plusieurs refus, Lou avisa un duo qui lui sembla plus ouvert.

— Bonjour, messieurs... Le journal Le Parisien. Pourriez-vous m'expliquer pourquoi vous êtes ici, et ce que vous êtes en train de faire?

Celui qui semblait le plus jeune des deux leva la tête, surpris, puis esquissa un sourire.

— C'est-à-dire... c'est un peu difficile à expliquer.

Sur son écran s'affichaient une multitude de courbes colorées, tandis que des points lumineux clignotaient de-ci de-là.

— C'est quoi, tout ça? questionna Lou.

Cette fois, ce fut le plus âgé des deux qui s'y colla.

— C'est une arborescence qui représente la totalité des connexions établies à l'instant par tous les gens qui se trouvent dans cette salle. Elle me permet de voir avec précision avec qui chacun de nous est en communication.

Lou en était bluffé.

— Mais alors, ça veut dire qu'à partir du moment où quelqu'un se connecte à Internet, il n'existe aucune confidentialité?

— C'est exactement ça, confirma le hacker.

— Et la sécurité bancaire, quand on achète sur des sites de vente à distance, alors c'est de la foutaise?

— Pour quelqu'un qui a l'habitude de ce genre d'exercice, c'est hypersimple.

— Et vous avez commencé comment ?

Le blondinet sourit.

— Nous venons tous les deux de Suisse. À l'époque, j'étais étudiant. Je suis entré par hasard dans le serveur qui contenait les corrections des épreuves du B.T.S. Juste en bidouillant. Comme je ne savais pas encore effacer les traces d'effraction, j'étais terrorisé à l'idée que quelqu'un découvre le pot aux roses. Fort heureusement, personne ne s'est rendu compte de l'intrusion. Mais je me suis fait très peur.

— Pourriez-vous me raconter l'un de vos plus gros coups, demanda Lou, le plus naturellement du monde.

Le plus âgé se gratta la barbe.

— Il n'y a rien d'extraordinaire, prétendit le hacker.

— Allez ! Un petit exemple…

— On lui dit, ou pas ? demanda le jeune homme à son équipier, avant de finalement décider seul et de continuer.

— C'était juste avant de venir ici. On a réussi à percer le système informatique de la Défense nationale suisse. On a eu accès à toutes les données concernant la totalité des militaires du pays, leurs noms, adresses, numéros de téléphone, etc.

— Et vous l'avez révélé au gouvernement suisse ?

— Non. Pas encore… Mais on le fera dès notre retour. Ça permettra aux informaticiens de notre pays de supprimer la faille que nous avons décelée et de sécuriser leur système informatique.

Lou n'en croyait pas ses oreilles. Humblement, ce hacker venait de lui révéler qu'il avait, sans aucune difficulté, percé les secrets les mieux gardés de la Confédération helvétique.

Enhardi par la confidence, Lou se risqua à évoquer le darknet.

— Ça, c'est un peu plus compliqué, reconnut l'informaticien. Le darknet utilise une couche imperméable du Net. Ça demande un peu plus de travail, mais ce n'est pas impossible.

Lou comprit que ce qu'il demandait au hacker était hors de portée. Ce dernier avait cependant ciblé l'intérêt de sa question.

— Il faut savoir que le darknet ne représente que l'interface d'un monde parallèle très dangereux, celui des âmes errantes, dites maléfiques. Ces dernières livrent perpétuellement un combat sans merci aux âmes lumineuses, que nous appelons vulgairement les anges. Ce combat entre le bien et le mal, le paradis et l'enfer, dure depuis la nuit des temps. Qui s'y frotte, s'y brûle les ailes. Pourtant, il n'existe pas d'autre moyen pour venir à bout de ces âmes corrompues que d'aller les combattre sur leur terrain. Mais attention ! C'est un voyage à haut risque qui peut se transformer en aller simple…

Lou fixa le hacker, décontenancé.

— Alors, c'est vrai, tout ce qu'on raconte sur les fantômes ?

Le hacker releva les yeux de sa machine.

— Je n'aime pas employer le mot fantôme qui ne veut rien dire. Mais en revanche, l'existence, et la survivance de l'âme après la mort du corps terrestre, ça, ce n'est pas une invention. Mais ce domaine sort de ma zone de compétences. Si tu veux, je peux te donner les coordonnées d'un parapsychologue qui pourra te préparer aux voyages astraux. Et, si tu es doué, peut-être même que tu auras la chance de partir explorer ces contrées reculées de l'esprit humain. Sur ce, bonne chance mec! Faut que je retourne au taf! Bye!

— Bye!

Lou repartit étourdi de cet entretien. Lui, si cartésien, venait de prendre une leçon métaphysique donnée par plus rationnel que lui. De la pure folie! Mais il mourait d'envie d'aller découvrir cette autre réalité que bien peu de mortels ont la chance d'approcher. Quand il ressortit de l'hôtel New York, la lune était pleine. Il pensa à Aldrin, Collins et Armstrong, les trois astronautes qui avaient été les premiers à fouler le sol lunaire. « Un petit pas pour l'homme, un grand pas pour l'humanité », avait dit Neil Armstrong, le chef de la mission Apollo XI, en descendant l'échelle du module lunaire. Lou se sentait prêt pour un tout autre voyage, sans fusée, ni combinaison, avec pour seul bouclier, sa soif de vérité.

33

— Je ne veux plus que tu me laisses seule !

Nany avait prononcé ces mots d'un ton ferme, qui n'admettait pas la contradiction. Avec sa mère, elle venait à peine de terminer de tout remettre en ordre dans la maison. Vu le bazar que le cambrioleur avait laissé, cela leur avait pris presque deux jours. Il ne restait plus qu'à aller déposer plainte au commissariat de police.

— Et moi alors, je compte pour du beurre ? persifla Léon.

Sous l'effet de la surprise, Nany rougit. Lou perçut son trouble. Il lui saisit les mains. Elles étaient froides et nerveuses.

— Je suis ton poteau, Nany... Je ne te laisserai jamais tomber, et...

— Je suis ton poteau... gnin, gnin, gnin, gnin parodia Léon.

Nany fit un effort pour rester concentrée.

— Je crois que tu ne saisis pas bien ce que je suis en train de te dire, Lou. On a des tueurs au cul, une protection inexistante, et, si on ne fait rien, d'ici peu, je sais ce qui va se passer. Alors, je t'en prie, ouvre grand les yeux ! Le cambrioleur a emporté le téléphone portable de mon père et son ancienne adresse mail. Je ne sais pas à quoi ça rime, tout ça, mais ce dont je suis certaine, c'est que ce qui m'arrive est en relation avec le détraqué du Web qui me harcèle, et notre séquestration à Saint-Ouen. On a mis le doigt dans un engrenage. On ne peut plus revenir en arrière. Lou ! Tu m'entends ? Si on a une seule chance de s'en sortir, c'est tous les deux !

Le jeune homme se sentit désarmé.

— Tu veux venir habiter chez moi pendant quelque temps ? Pas de souci, Nany. Mais tu ne peux tout de même pas m'accompagner au boulot...

— Et pourquoi pas? Vous prenez bien des stagiaires sur des périodes de longue durée. Pourquoi je ne serais pas stagiaire chez vous ?

— Parce que... ça ne se fait pas comme ça. Et puis, tes études ? Tu ne peux pas tout envoyer balader. On va trouver une solution, mais de grâce, Nany, pas de panique !

Lou comprit que Nany ne surjouait pas. Elle était terrorisée à l'idée de se retrouver seule avec sa mère, dans cette grande maison impossible à sécuriser en raison de ses nombreuses baies vitrées.

— Bon ! O.K. Tu viens chez moi. Tu te barricaderas le temps qu'il faudra. Et surtout, tu n'ouvriras à personne. Il y a une alarme et une porte blindée. Au huitième étage, ça limite la possibilité d'escalade. Je serai toujours joignable.

Il lui caressa la joue.

— Ça va aller... T'inquiète pas.

Ne pas s'inquiéter. Ça, c'était trop lui en demander. Elle rassembla quelques affaires dans un sac de voyage et serra sa mère dans ses bras. Les deux femmes pleurèrent front contre front.

— Tu seras plus en sécurité sans moi, je t'assure, prétendit Nany.

— Prends bien soin de toi, ma chérie… Oh, excuse-moi, mais c'est plus fort que moi…

— Avec Lou, je n'ai pas peur, maman.

— Je sais, je sais qu'il s'occupera bien de toi… Allez, va, ma fille. Bisous.

— Bisous, maman… Je t'aime !

— Moi aussi, ma puce.

Nany sortit du salon sans se retourner, tandis que Lou embrassait Michèle.

34

Le parapsychologue se faisait appeler Alexandre. Tassé au fond de son fauteuil en cuir noir, l'homme de type méditerranéen invita Lou à s'asseoir face à lui. L'immeuble fatigué dans lequel était installé le cabinet Alexandre, dans le XIIIe arrondissement de Paris, ne payait pas de mine. Mais le maître des lieux avait visiblement tenu à compenser ce handicap en s'entourant d'objets qualitatifs. Il sonda le journaliste, comme s'il voulait lire en lui.

— Pouvez-vous me donner votre prénom et votre date de naissance, s'il vous plaît ?

— Bien sûr. Lou

Et il épela.

— L, O, U, et je suis né le 20 mai 1997.

Alexandre se plongea dans une profonde méditation. À tel point que le jeune homme se demanda s'il n'était pas tout simplement un bon, voire un mauvais, comédien.

— Je vois du stress et une grande angoisse, commença le parapsychologue.

Lou se dit que ce genre de phrase passe-partout pouvait convenir à n'importe quelle situation.

— Je vois aussi une jeune fille rousse. Elle est en danger. Votre sœur? Ou votre petite amie? Un homme lui veut du mal. D'ailleurs, vous-même avez été blessé dans des circonstances particulières. Je vois du sang, une opération, des housses blanches dans une rue mal éclairée…

Lou se redressa, interloqué. Ce type l'avait peut-être reconnu. Après tout, la presse avait hypermédiatisé leur mésaventure.

— Qu'attendez-vous de moi, Lou?

Le journaliste hésita.

— C'est-à-dire que…

Il raconta sa rencontre lors de la Nuit du hack à Disneyland Paris, ainsi que les conseils que lui avait donnés son interlocuteur. Premièrement, aller voir Alexandre, et deuxièmement, partir combattre les ombres du darknet sur leur terrain. Les yeux d'Alexandre se mirent à briller d'un éclat particulier. Il scruta Lou, comme s'il tentait d'évaluer les chances du jeune homme de réussir dans une telle entreprise.

— Un candidat au voyage astral ? ! Là, c'est autre chose. Je ne vous cache pas que le chemin est encore long et qu'il sera parsemé d'embûches. Mais d'après ce que je crois comprendre, vous n'avez pas vraiment le choix. Vous devez toutefois en connaître les risques. En cas d'accident, sachez que je déclinerai toute responsabilité.

Lou lui fit signe que c'était O.K.

— Bon, avant de commencer, je dois vous dire que ce ne sera pas aussi simple que vous pouvez le croire. Vous ne « décollerez » certainement pas à la première séance. Du moins, c'est très rare...

— Décoller ?

— Vous comprendrez...

Lou coupa Alexandre.

— Pardon, mais pour le côté financier, ça ira chercher à combien tout ça ?

Le parapsychologue leva le bras en signe d'apaisement. L'énorme chevalière en or passée à son annulaire droit lança un éclair jaune.

— Pas de souci. Vous ne me paierez que si vous êtes satisfait de la prestation. On verra ça plus tard. Ne vous inquiétez pas. Il faut tout d'abord que je vous initie un minimum aux choses de l'esprit. Sachez que l'existence de ce que l'on appelle l'âme ainsi que sa survivance après la mort, a été prouvée par une expérience, qui malheureusement, n'a pas été prise au sérieux ni portée à la connaissance du grand public. C'est le médecin américain Duncan McDougall, qui, en mars 1907, émit la théorie de la masse de l'âme, encore appelée théorie des 21 grammes.

Lou se sentit tout à coup dans son élément.

— McDougall pesa six patients avant et après leur décès. Il constata une différence de poids de 21 grammes non justifiable biologiquement. Il en déduisit qu'il pouvait s'agir de la masse de l'âme qui s'était échappée du corps humain.

Lou se rendit compte de ses lacunes dans ce domaine. Ce qu'il venait d'entendre méritait d'être creusé, comme on disait au journal. Mais il était encore trop tôt pour cela. Il devait déjà maîtriser les bases métaphysiques indispensables à un voyage astral.

— Quels sont les dangers que représente une sortie de corps, car il faut bien l'appeler comme ça, n'est-ce pas ?

— Oui, une sortie de corps ou voyage astral n'est pas sans risques. Ces derniers sont multiples, mais on peut s'en protéger avec une bonne « hygiène de mort ». Le risque principal est que le fil d'argent qui vous relie à votre corps se rompe accidentellement lors de la sortie dans l'espace. Ce qui rendrait évidemment tout retour impossible. Le second réside en une blessure mortelle de votre âme qui serait immédiatement répercutée sur votre enveloppe terrestre. Je pense notamment à toute pointe métallique que vous pourriez accrocher, tels que clochers ou armes blanches. Alors maintenant, si vous êtes toujours partant pour le voyage, je vous donne rendez-vous dès que vous vous sentirez prêt. Voilà Lou. Vous savez tout. Du moins, tout ce qu'un

Terrien doit savoir, car pour ce qui est du reste... j'ai envie de dire inch Allah !

35

Contrairement aux appartements des jeunes gens que connaissait Nany, celui de Lou était propre et bien rangé. Une salle de séjour lumineuse, une chambre de taille correcte et une cuisine de type kitchenette en composaient l'essentiel. Seule la décoration minimaliste trahissait l'absence de présence féminine. Lou avait fait de la place dans son armoire pour qu'elle y range son linge et lui avait confié l'unique clé de l'appartement, en lui recommandant de n'ouvrir à personne. Mais maintenant qu'elle se retrouvait seule, la jeune fille sentait monter une angoisse aussi injustifiée qu'incontrôlable. Elle se jeta sur le placard de cuisine qui renfermait un stock de barres chocolatées et en engloutit une goulûment. Tant pis pour son régime. À situation exceptionnelle, réponse hors normes ! Le soir qui commençait à tomber contribuait à réveiller en elle un tas de vieux démons remontant à l'enfance, qu'elle croyait terrassés depuis longtemps. À cette heure-ci, Lou était occupé au bouclage du journal. Il ne rentrerait pas de sitôt. Elle ouvrit le dernier livre de Michel Bussi qu'elle avait emporté avec elle, mais le referma après quelques pages de lecture. Elle ne parvenait pas à se concentrer sur quoi que ce soit. Que s'était-il passé dans sa vie, pour qu'elle se retrouve traquée de cette façon ? Quel rapport existait-il entre le harceleur du Web, l'arrivée de Léon et le kidnapping de Saint-Ouen? Nany était lasse de tourner et retourner ces questions dans sa tête. Des interrogations auxquelles elle ne parvenait pas à apporter de réponse. Une fois encore, et ce ne serait certainement pas la dernière, elle se prit à regretter le temps où son père était là pour la rassurer, la protéger, l'aimer. Si on pouvait seulement revenir en arrière, modifier le passé pour changer l'avenir… Ce fut Léon, jusqu'ici très discret, qui la tira de sa mélancolie.

— Et moi dans tout ça? C'est comme si j'étais pas là, alors?

— Je n'ai jamais dit ça, objecta Nany, mais je n'y peux rien, je ne sais plus où j'en suis. Je suis fatiguée, Léon. Je ne vais tout de même pas continuer à me terrer dans cet appartement si confortable soit-il, comme une braqueuse en cavale…

Léon se renfrogna, pas complètement convaincu par cette réponse.

— On va s'en sortir, fais-moi confiance. Ce n'est qu'un mauvais passage, qui dure un peu, je te l'accorde, mais tout finira bien par rentrer dans l'ordre.

Alors qu'elle venait d'attraper une pomme et de mordre dedans à belles dents, la jeune fille s'immobilisa, le bras levé comme pour demander le silence.

— Chut! J'ai entendu du bruit.

— Moi aussi, j'entends du bruit, ricana Léon en lâchant un gros rot.

Nany en devint rouge de colère.

— Léon ! Tu ne perds rien pour attendre !

L'ange gardien ne l'avait pas habituée à de telles vulgarités. Mais à cet instant précis, Nany avait d'autres chats à fouetter. Elle avait entendu des bruits de pas sur le palier, et elle sentait une présence, là, juste derrière la porte. Elle mourait d'envie de regarder dans l'œil pour voir qui c'était, mais elle avait bien trop peur d'approcher le danger d'aussi près.

— Léon ! Toi qui vois à travers les murs, tu ne peux pas me dire qui c'est ?

— Désolé, mais l'inconnu a volontairement éteint la lumière.

— O.K. ! O.K. ! Tu as toujours une bonne raison de ne pas…

Mais Nany se tut. Une clé venait de tourner dans la serrure, sans toutefois parvenir à la déverrouiller. La jeune fille se retrancha dans la cuisine, tremblante de peur.

— C'est un passe, décréta Léon en connaisseur.

— Un quoi ?

— Un passe-partout, ou une clé universelle, si tu préfères… La serrure ne résistera pas bien longtemps.

Nany était morte de trouille.

— Il faut placer des meubles derrière la porte, conseilla Léon.

Elle entreprit donc de déplacer le buffet de la salle à manger. Plaquant son dos contre le meuble, elle poussa de toutes ses forces avec ses cuisses. Sans résultat.

— Je n'y arriverai jamais, Léon !

Mais ce dernier était bien trop occupé à surveiller la résistance de la serrure pour lui répondre. La poignée s'abaissa une première fois, puis une seconde, mais résista. Nany commença donc à entasser des objets devant la porte. Bientôt s'éleva une barricade singulière. Elle se composait pour l'essentiel d'une chaise dont le dossier coincé sous la poignée empêchait à l'inconnu d'actionner le mécanisme, de la table de cuisine sur laquelle Nany avait placé le plus gros pot de fleurs qu'elle avait trouvé, de la malle à chaussures et du réfrigérateur assez facile à déplacer. Mais sur le palier, l'inconnu ne semblait pas décidé à lâcher la partie… Nany dépendit encore une tringle à rideaux qu'elle coinça en diagonale au plus près de l'huisserie, avant de laisser le sort décider de la suite.

Les bruits continuèrent une bonne dizaine de minutes, puis, elle vit une feuille blanche pliée en deux glisser sous la porte. Elle attendit un bon quart d'heure, et, lorsqu'elle estima que tout danger était écarté, se précipita pour la ramasser, la déplia, et se sentit brutalement oppressée par les deux mots tracés à l'encre noire.

DARK PUNK.

36

Une odeur d'encens baignait le bureau d'Alexandre qui avait revêtu pour la circonstance une austère tenue noire. Le maître des lieux parut plus mystique que lors de leur première entrevue… Il tendit une main ferme à Lou avant de l'inviter à s'asseoir.

— Bonjour Lou. Comment ça va ?

— Bien, merci.

— Pas trop d'appréhension ?

— Non, parce que je ne pense pas que je réussirai à « décoller » aujourd'hui, pour reprendre votre expression… mais je suis prêt.

Alexandre prodigua ses derniers conseils de prudence au journaliste, avant de lui demander de l'accompagner dans la pièce voisine. Lou n'y était encore jamais venu. Totalement vide, à l'exception d'un tapis de sol disposé en plein milieu, l'espace était plongé dans le noir le plus complet grâce à des rideaux occulteurs. Sans la douce chaleur qui enveloppait les lieux, le candidat au voyage astral aurait été tenté de reporter son départ. Alexandre demanda à Lou de s'allonger sur la natte et s'agenouilla près de lui.

— Fermez les yeux, Lou, et ne pensez à rien.

Il en a de bonnes. Le simple fait de penser que je ne dois penser à rien, fait que je pense, justement…

Le parapsychologue pria le jeune homme d'inspirer profondément par le nez, puis de relâcher en soufflant par la bouche.

— Videz bien votre cage thoracique jusqu'au bout, puis inspirez à nouveau. Là… très bien.

Lou sentit une pression, juste sous son sternum. Alexandre venait d'appliquer trois doigts sur son plexus solaire.

— Détendez-vous, Lou. Vous arrivez aux portes d'un monde où les réalités matérielles disparaissent.

Alexandre avait prononcé ces mots d'une voix grave et feutrée en dramatisant la situation. Ensuite, tout devint confus. Lou ne sentit pas le moment où il bascula dans un état de relaxation profonde, propice à un voyage astral. Sa conscience se dilua doucement dans les limbes d'une réalité immatérielle. Puis, des hallucinations apparurent. Il fut d'abord ébloui par les phares d'un énorme camion qui fonçait droit sur lui. Étrangement, il n'avait pas peur. Bientôt, les projecteurs d'autres bolides apparurent à l'autre bout de la pièce et se mirent à se croiser en créant d'énormes courants d'air, mais sans jamais le blesser. Puis, sans qu'il comprenne comment cela était arrivé, il se retrouva en plein ciel, planant au-dessus d'un cimetière qu'il reconnut au premier coup d'œil. Le Père Lachaise.

La sensation qu'il éprouvait était fabuleuse. Nul besoin d'énergie fossile ni d'ailes pour se déplacer. Pas trace non plus de ce corps si embarrassant dans la vie d'en bas. Il était devenu un pur esprit uniquement équipé d'une paire d'yeux et filait à la vitesse de la lumière, sans avoir à fournir le moindre effort. La terre défilait sous lui, et, détail curieux, il lui semblait avoir acquis une acuité visuelle très performante qui lui permettait de distinguer les moindres détails. D'ailleurs, il était en train d'observer une jeune femme qui, malgré la caméra de vidéosurveillance, se frottait hardiment au buste de Jim Morrison, le mythique chanteur du groupe de rock américain The Doors, symbole de fertilité, lorsqu'un chauffard du ciel le doubla et pila net devant lui. Lou faillit le percuter. Avant qu'il n'ait eu le temps de lui dire ce qu'il pensait de son comportement, le sosie de Blériot, casque en cuir et lunettes noires se fendit d'une grotesque révérence.

— À votre service, Sieur Le Goff !

— Comment connaissez-vous mon nom ?

Les deux âmes volaient maintenant côte à côte et Lou, encore peu habitué à ce pilotage extrêmement délicat, adressa la parole à son accompagnateur, sans quitter des yeux la ligne d'horizon.

— Sans indiscrétion, qui êtes-vous ?

— Léon, bien sûr, pour vous servir !

— Léon ? Le Léon de Nany ?

— Le Léon de Nany… c'est ça même.

— Alors… vous existez vraiment ?

L'ange gardien lui tourna un œil courroucé.

Mais il commence déjà à me les briser, ce petit…

— Bien sûr que j'existe ! Comme on peut exister quand on est mort…

— Et que faites-vous dans cette tenue ridicule ?

— Ridicule vous-même ! Je suis le chef d'escadrille.

— Et où se trouve le reste de l'escadrille ?

— Hum… en fait, je ne voulais pas vous laisser voler seul pour une première sortie.

— Ah oui ? Et à part avoir failli provoquer un bel accident, quel soutien pouvez-vous m'apporter ?

— Mon expérience de l'espace aérien et de ses dangers.

— Mais au fait, vous avez laissé Nany seule ?

— Oui, mais chez vous elle ne risque rien.

— Je l'espère pour vous, sinon, au retour, je vous étripe Blériot !

— Si retour il y a… Lou ! Léon, je m'appelle Léon.

— Comme tu voudras.

— On se tutoie ?

— Pourquoi pas ?

— Bon, alors écoute bien, petit…

— Ah ! Ne m'appelle pas « petit » à tout bout de champ, j'ai horreur de ça.

— O.K., O.K., « petit », t'emballe pas. Bon, le premier danger, pour le moment, c'est le Boucher.

— Le quoi ?

— Tu as très bien entendu, le Boucher.

Au fur et à mesure que Léon expliquait à Lou le danger que représentait ce personnage incontrôlable, le journaliste comprenait qu'il n'avait aucune chance de s'en sortir, si son chemin venait à croiser celui du flibustier des airs.

— Au fait, on t'a appris à décoller, mais tu connais la procédure pour l'atterrissage ?

Lou considéra Léon avec circonspection.

— Non ! Comme les kamikazes. J'ai juste reçu la check-list pour le décollage.

— Eh ben ça promet ! Tu vois que tu auras besoin de moi.

L'escadrille des deux L (Léon et Lou) prit de l'altitude. Le soleil rougeoyant commençait à incendier les monuments funéraires. Lou serait bien resté encore un peu. Cet état de liberté extrême l'exaltait. Il tenta quelques figures empruntées à la Patrouille de France et se résolut enfin à suivre le sillage de Léon, qui, conscient d'avoir pris un gros risque en abandonnant Nany, avait hâte de rentrer à l'appartement.

— Léon ! Surtout, ne dis rien à Nany, elle serait trop inquiète. Il faut que je te dise. J'ai un projet pour la débarrasser définitivement des Dark Punk. Mais il faudra la jouer fine. De nombreux pièges m'attendent. Toi seul peux m'aider.

Pourquoi faut-il toujours que ça tombe sur moi ?

— Si tu veux mon avis, je sens que tu vas encore te mettre dans de beaux draps !

— Pourquoi encore ? Et puis de toute façon, on n'a pas le choix, ou on fait morfler les Dark Punk, ou ils finiront par avoir notre peau.

À l'évocation des Dark Punk, Léon faillit faire une sortie de route.

— Comme tu veux... Je ne suis pas l'homme de la situation... Tu l'auras voulu... mais pas moi !

37

— Allez ! Nany... Ouvre ! C'est moi... C'est Lou.

Le journaliste tentait depuis dix bonnes minutes de persuader la jeune fille de déverrouiller la serrure, mais, méfiante, l'assiégée refusait toujours tout compromis. On lui avait dit de n'ouvrir à personne, elle n'ouvrirait à personne. Eh puis, qu'est-ce qui lui disait que ce n'était pas un piège de ce fameux Dark Punk ? En plus, elle ne reconnaissait pas la voix de Lou et l'œilleton déformait bien trop les images pour pouvoir identifier quelqu'un. Elle retourna donc se cacher dans un coin de la cuisine, une tablette de chocolat dans une main et la télécommande de la télévision dans l'autre.

Sur le palier, Lou sentit sa patience l'abandonner.

— Je ne vais tout de même pas passer la nuit ici ! Léon ! Il faut que tu ailles lui dire que c'est moi. D'ailleurs, tu ne devrais pas être rentré depuis longtemps ? Elle va commencer à trouver ton absence suspecte.

— Bon, bon… J'y vais.

— On est d'accord ? Pas un mot au sujet de la mission.

— Bouche cousue ! Croix de bois, croix de fer, sinon j'irai en enfer.

— Ou là-là… Tu ne sens pas déjà les flammes te lécher les pieds ?

— Monsieur me ferait un procès d'intention ?

— Bon, allez ! Léon, tu y vas, oui ou non ?

— J'y vais, j'y vais… mais un peu de respect, tout de même !

Lorsque Nany consentit enfin à faire entrer Lou, les stigmates de l'état de siège le laissèrent sans voix. En plus de la table de cuisine, de la chaise, du pot de fleurs, du réfrigérateur et de la malle à chaussures, elle avait entassé au fur et à mesure tout ce qui lui était tombé sous la main : un Bouddha qui faisait son poids, la bibliothèque... et même des objets qui ne risquaient pas de renforcer ce barrage improbable, tels une valise, un escabeau, une lampe halogène ou encore le panier à linge sale et l'étendoir. Bref, cet amoncellement d'objets hétéroclites lui donnait la sensation de se trouver dans une relative sécurité. Mais ce fut le visage dévasté de la jeune fille qui bouleversa Lou. On aurait dit le boxeur Rocky après un combat. Le khôl qui avait coulé de ses yeux faisait l'effet de peinture au pochoir et son rouge à lèvres débordant lui dessinait une bouche de vampire. Sans parler de ses cheveux en bataille.

Le journaliste ouvrit enfin la bouche.

— Nany... que s'est-il passé ?

Léon, qui comprit que ça allait être sa fête pour avoir abandonné Nany en pleine panique, se pelotonna du mieux qu'il put au creux de sa vie.

— Léon ! Viens voir par ici ? J'ai à te parler, ordonna Lou.

Mais Léon ne répondit pas.

— Léon ! Ce n'est pas la peine de te cacher... Ne m'oblige pas à aller te chercher.

À peine eut-il terminé de prononcer cette phrase, que Lou se rendit compte du ridicule de la situation. Nany lui raconta dans le détail tout ce qui s'était passé, et la terreur qui s'était emparée d'elle, lorsqu'elle avait compris que les Dark Punk avaient retrouvé aussi facilement sa trace.

— Bon, j'appelle le commissaire pour le mettre au courant, dit Lou tout bas, comme s'il se parlait à lui-même. Je ne sais pas comment nous allons faire, Nany...

38

Lou allait s'allonger comme la fois précédente sur la natte posée à même le sol, lorsque Alexandre désigna un fauteuil en cuir noir réglé en siège couchette.

— Installez-vous confortablement, Lou. Votre premier décollage a été une réussite, mais également une surprise. Vous êtes très doué, mais vous devez maintenant apprendre les rudiments du vol astral. Tout d'abord, êtes-vous certain de vouloir continuer l'expérience ?

— Certain !

— Avec tous les dangers que cela comporte ?

— J'assume.

— O.K., Lou. La première chose que vous devez apprendre est à ne pas rompre le fil d'argent qui vous relie à votre corps terrestre. Ce lien, c'est la vie. S'il cède, plus de retour possible ici-bas.

— Et comment dois-je procéder ?

— N'oubliez jamais que dans cet état, vous n'êtes plus qu'énergie. Tout se passe donc au niveau de votre esprit. Vous ne devez jamais cesser de visualiser ce fil d'argent. S'il présente la moindre faiblesse, vous devrez immédiatement le renforcer.

— Je ne sais pas si je saurai faire.

— Vous saurez. Ne vous inquiétez pas pour ça. En vous accordant cet état, le Seigneur vous donnera aussi l'intuition nécessaire à votre conservation.

— Et si je ne suis pas croyant?

— Ça, c'est votre affaire, mais Dieu s'en fout.

Le mot DIEU avait été prononcé. Lou n'avait jamais trop su quoi penser au sujet de la foi. Il n'était certes pas de ces bigots qui adhèrent les yeux fermés aux paroles des hommes d'Église. Mais il n'était pas non plus de ceux qui rejettent tout en bloc, plus par idéologie politique que par croyances personnelles. Bref, le qualificatif d'agnostique lui convenait bien. Et il aurait donné très cher pour avoir la clé du Grand Mystère de la vie.

— Le second danger auquel vous devrez faire face sera les pointes métalliques...

— Les pointes métalliques?

— Oui, comme les clochers des églises, ou encore les lances de vos ennemis... N'oubliez jamais que vous êtes un pur esprit, c'est-à-dire une boule d'électricité. Si l'une de ces pointes venait à vous transpercer, l'effet serait le même que lorsque la foudre tombe sur un paratonnerre. Votre corps physique ne s'en remettrait pas.

— Et pour les lances de mes ennemis?

— L'espace astral se divise en trois niveaux, le bas, le moyen et le haut astral. Dans le moyen et le haut astral, vous ne risquez pas grand-chose, mais le bas astral est le repaire de bandes de renégats, des âmes errantes trop noires qui n'ont pas réussi à monter vers la lumière...

Lou en frémit. Il pensa immédiatement aux Dark Punk.

— Regroupées en bandes organisées appelées comme vous le savez, Dark Punk, ces dernières lancent des expéditions punitives contre les âmes égarées. Et il est bien rare que leurs victimes en ressortent indemnes.

— Mais, quel est l'intérêt de ces raids ?

— Voler aux nouveaux défunts l'énergie qu'elles-mêmes n'ont pas su préserver, dans l'espoir de monter un jour vers la lumière.

Lou réfléchit...

— Est-il possible qu'en désespoir de cause, ces âmes noires se réincarnent et interfèrent dans la vie physique de leurs victimes ?

— C'est rarissime, mais possible. J'ai eu le cas d'une jeune personne qui, par sa fragilité naturelle, avait ouvert la voie aux esprits. Elle a mis des années à retrouver un équilibre.

Alexandre se pencha au-dessus de Lou.

— Prêt pour le décollage ?

— Prêt !

— Et n'oubliez pas, en cas d'extrême urgence, vous tirez un coup sec sur la ligne de vie pour rentrer dare-dare au bercail.

— O.K., cap'tain

— Bon voyage !

39

Cette foi, Lou ne fut pas projeté en plein ciel à son insu. Il se retrouva dans une sorte de base aérienne équipée d'une rampe de lancement. Il ne possédait pas de miroir sur lui, mais il lui semblait qu'il avait la même apparence physique que sur Terre, en un peu plus jeune, peut-être. Le décollage fut violent. Il sentit que son énergie s'était décuplée. « Plus vous volerez, et plus votre capacité de propulsion sera grande », lui avait confié Alexandre. Lou regarda autour de lui. L'espace vide et sans fin lui donna le tournis. Pas de ligne d'horizon comme sur Terre, rien qu'un espace vaporeux traversé de nuées blanches. Il était sur le point de tester sa nouvelle motorisation, lorsque ses détecteurs naturels identifièrent une présence dans les parages. Lou enclencha son sonar afin d'obtenir plus d'informations sur l'objet volant qui croisait dans le secteur. Mais il n'eut pas le temps d'analyser les données, qu'il vit apparaître un aviateur d'un autre âge. Il reconnut immédiatement Léon. Les cache-oreilles de son casque en cuir détachés trahissaient un départ précipité. Le naufragé du temps effectua un dérapage incontrôlé, avant de se positionner aux côtés de Lou.

— Mais qu'est-ce que tu fais là, Léon ? Tu sais bien que je préfère que tu restes veiller sur Nany quand je m'absente !

Léon le toisa, courroucé. Lou pouvait voir ses gros yeux exorbités à travers les verres fumés de ses lunettes d'aviateur.

— Oui, mais tu sais également qu'il est hors de question que je te laisse voler seul dans cet océan de dangers. Eh puis, tu n'as pas le nombre d'heures de vol nécessaire pour être lâché. Alors, si tu permets, je t'accompagne. Et ce sera comme ça à chaque sortie. Et n'essaie pas de me semer. Je te retrouverai, coûte que coûte.

Lou était sorti discrètement, en espérant que l'ange gardien ne se rendrait compte de rien.

— O.K. Et que comptes-tu faire si les Dark Punk menacent à nouveau Nany ? Tu es son ange gardien, ou le mien ?

— Je suis multicarte Moossieur !

Lou préféra ne pas répondre. Il abaissa sa visière, mit les gaz… et laissa Léon sur place. Dans son rétroviseur muni d'un écran à cristaux liquides, il le vit transpirer pour lancer ses moteurs bios. L'ange gardien finit par revenir dans son sillage. Lou dégaza et le nuage de matière organique frappa de plein fouet le visage boursouflé de Léon.

— Tu ne perds rien pour attendre, persifla l'ange gardien, avant de revenir au niveau de celui de Lou.

Malgré l'espace limpide, l'altitude importante empêchait les voyageurs de bien voir ce qui se passait sur terre. De sorte que ni l'un, ni l'autre, n'aurait su dire si Nany était toujours en sécurité. Léon se rapprocha de Lou.

— Ces raids ne te mèneront nulle part, Lou, conviens-en ! Tu ne penses tout de même pas que tu vas terrasser le dragon à toi tout seul…

— Ah parce que depuis quand je suis seul ?

— Ah ! Tu sais bien qu'il ne faut pas compter sur moi pour la castagne. Je suis un poisson pilote… un instructeur de vol, tout au plus, mais pas un fusilier marin.

— Ça va ! Ça va ! Poltron… Tu me laisserais crever plutôt que de lever le petit doigt, c'est ça que tu es en train de me dire ? Eh bien dans ce cas, je ne vois pas ce que ta compagnie peut m'apporter.

— Ne le prends pas comme ça, Lou, tu sais bien que je ferai l'impossible pour te protéger… C'est seulement que je ne suis pas un héros.

— Ça, je le savais !

Et Lou éclata de rire.

Ils arrivaient maintenant dans une contrée escarpée où des nuages bleutés enveloppaient le haut de cimes imaginaires. C'était aussi irréaliste que beau. Ils planaient tous les deux en silence, sans avoir à fournir le moindre effort. L'air n'avait aucune résistance et ils filaient au milieu des étoiles, libres de toute contrainte physique, laissant derrière eux les tracas de la vie terrestre. Ils progressèrent comme ça encore quelques minutes, jusqu'à ce que le ciel s'obscurcisse.

— C'est là ! décréta Léon.

— Qu'est-ce qui est là ?

— Le passage plus sombre que tu vois devant toi est l'entrée du monde des Dark Punk. Ceux qui s'y sont risqués n'en sont pas revenus.

— Tu veux dire qu'il s'agit d'une zone de non-droit tenue par ces vauriens ?

— Oui, et je suis surpris que le Boucher ne se soit pas déjà jeté sur nous. C'est leur guetteur. Et il a un flair de chien pisteur.

Il n'eut pas le temps de terminer sa phrase que l'ombre de ce dernier se découpa sur le versant d'une colline floquée de paillettes ocre.

— Attention ! Lou...

Léon bouscula le journaliste qui faillit en perdre l'équilibre, alors qu'un trait d'acier, puis un deuxième fendirent l'air, juste au-dessus de leurs têtes.

— Nerveux, le garçon ! plaisanta Lou pour se donner une contenance.

— Oui, et sans moi tu ne serais plus là, mon petit. Les pointes métalliques ! Alexandre ne t'a pas averti ?

— Si, mais il ne m'a pas fourni la carte d'état-major avec les contrées à éviter.

— Très drôle. Fichons le camp d'ici, sinon nous allons être transformés en saucisson.

— Mais... Nous n'allons tout de même pas abandonner si près du but...

— Si le but que tu t'es fixé est de périr sous la lame de ce fou furieux, alors tu t'en rapproches. Mais si tu as un minimum de bon sens, tu dois dégager au plus vite.

Le Boucher ne leur laissa pas le temps de deviser. Le félon qui essayait de leur couper la retraite se précipita à nouveau dans leur direction, armes brandies. Cette fois, Lou capitula. D'un regard entendu, les deux explorateurs mirent les gaz et se projetèrent dans une autre dimension, là où le soleil se levait encore au-dessus des clochers. Lou respira fort. Il était si bon de humer les senteurs de cette bonne vieille Terre. Allez ! Oust ! Cap sur la maison.

Lorsqu'ils entrèrent dans l'espace aérien commun, un Airbus décollant de l'aéroport de Roissy-Charles-de-Gaulle prenait de l'altitude. L'oiseau blanc monta encore et encore en signant une page du ciel d'une écriture tremblée. En bas, le mitron sortait de son fournil un pain chaud et une plaque remplie de croissants odorants. Léon aurait aimé pouvoir, comme autrefois, les déguster avec un café fort. Mais ça, ça faisait partie du passé. Lou jeta un œil à son bracelet-montre. 6 h 15. Le temps passait plus vite ici-bas que là-haut. Ils s'étaient absentés beaucoup plus longtemps que prévu, et Nany devait se faire un sang d'encre.

40

Lorsqu'il entra sans faire de bruit, Lou trouva Nany couchée derrière la porte, à même le sol. Elle serrait entre ses poings fermés, un maigre coussin blanc, et une peluche rose râpée dépassait de la couverture dans laquelle elle s'était enveloppée. Le journaliste s'agenouilla et lui caressa la joue. Par pudeur, Léon détourna les yeux, tandis que Lou prenait la jeune fille dans ses bras pour la porter au lit. C'est à ce moment-là qu'elle se réveilla.

— Tu avais promis…

— Promis quoi ?

— De ne plus me laisser seule.

— J'ai été retenu au journal. Un reportage de dernière minute…

— Tu aurais pu passer un coup de fil. Je me suis tellement inquiétée !

— Désolé, Nany, mais j'ai dû partir en catastrophe, et d'où j'étais, le téléphone ne passait pas.

Le jeune homme se dit que sur ce point, il ne mentait pas.

— Le café est en train de couler. Je descends chercher des croissants. Tu n'as plus rien à craindre, ma Nany, je suis là…

Et Lou claqua la porte.

Nany se retourna dans le lit et bâilla d'aise.

— Et toi, tu faisais quoi pendant tout ce temps ? dit-elle à l'intention de Léon.

Surpris par la question, ce dernier en bégaya.

— Je… je… Excuse-moi, je m'étais assoupi. Voilà, c'est tout, assoupi… Pas de quoi en faire un fromage.

Nany trouva les excuses de l'ange gardien suspectes.

— Tu es sûr, Léon ?

— Sûr et certain !

Elle se rendormit.

Après un bon petit-déjeuner et une douche salvatrice, Lou proposa à Nany une journée de détente. Il se préparait à assurer un week-end de permanence au journal, et il comptait bien profiter de cette journée de repos pour recharger ses batteries. Il tira les rideaux et regarda par la fenêtre. Il faisait un temps à aller marcher dans les bois, mais à Paris, mieux valait oublier. Au loin, la tour Eiffel relevait fièrement la tête. En bas de chez lui, les Parisiens en tenue légère commençaient à affluer aux terrasses des cafés. Il se retourna. Nany resplendissait. Elle avait passé une tenue légère et mis un peu de fard à joues, ce qui lui donnait bonne mine. Elle virevolta devant le miroir en faisant tourner sa robe. Lou aimait la voir comme ça, insouciante. C'était tellement rare ces derniers temps.

— Nany ! Si on allait au ciné ?

Sur son smartphone, Lou consulta la liste des films à l'affiche au Grand Rex.

— Ils jouent *Red Warrior* dans moins d'une heure. Ça te dit ? C'est un film d'aventures.

— Ouais… pourquoi pas ?

— Allez ! C'est vendu.

— Je ne prends pas mon sac à main ?

— Non ! C'est bon, je t'invite.

— Ce n'est pas pour ça que je te disais ça…

— Je t'invite quand même.

Ils descendirent par l'ascenseur, tournèrent au coin de la rue et s'engouffrèrent dans la bouche de métro. Lou voulut descendre avant la rue Poissonnière pour marcher un peu. Les beaux jours étaient maintenant bien installés et un parfum de fête flottait sur les Grands Boulevards. Nany avait accroché un large sourire à son visage. Ses yeux mauves la rendaient envoûtante. On les prenait souvent pour des amoureux, et les deux amis s'en amusaient. Avant cette relation, le journaliste ne croyait pas à l'amitié entre un homme et une femme. Pourtant, tous les deux étaient la preuve vivante que cela pouvait exister.

Il y avait une longue file d'attente pour prendre les billets. Les jeunes gens firent la queue.

— Tiens, tu gardes la place, je vais aller acheter un paquet de pop-corn, lança Lou.

— Si tu me tentes…

Nany n'attendit pas la séance pour plonger sa main dans le paquet croustillant.

— C'est trop bon ! Je devrais pas, mais…

— Oublie ton régime pour une fois ! Eh puis, tu as de la marge !

Ils s'esclaffèrent en s'empiffrant de douceurs sucrées.

Quelques instants plus tard, bien calés dans leurs fauteuils, les deux amis prirent leurs aises. Puis la salle plongea progressivement dans le noir. Après une première partie pleine de rushs des futurs films et de publicités et un entracte, le film commença enfin. L'histoire les conduisit dans la Chine de Gengis Khan, fondateur de l'empire mongol, le plus vaste de tous les temps. Nany se détendait enfin. Lou le sentait à sa respiration, à la façon dont son corps tout entier s'abandonnait. Sa tête pesa lourdement sur son épaule. Ils étaient bien, dans l'anonymat ouaté de cette salle obscure... jusqu'à ce que Nany pousse un hurlement et se mette à escalader les fauteuils.

— Au secours ! Au secours ! Noooon ! Pitié !

Hébété, Lou tenta de la retenir, mais la jeune fille puisait des ressources insoupçonnées dans la terreur qui l'animait. Autour d'eux, les spectateurs d'abord interdits, se liguèrent contre cette folle qui allait gâcher leur film.

— Oh ! C'est pas bientôt fini ce bordel, tonna un grand gaillard à la silhouette de bûcheron.

Mais rien ne semblait pouvoir stopper la jeune fille paniquée. Des cinéphiles tentèrent de la maîtriser. Mais Nany décocha de violents coups de poing et de pied à tous ceux qui essayaient d'entraver sa progression. Il fallut l'arrivée de deux vigiles pour rétablir l'ordre. Les hommes la ceinturèrent et l'immobilisèrent. Ce qui ne l'empêcha pas de continuer à crier et de les mordre au passage. Lou sortit enfin de la transe dans laquelle la scène l'avait plongé.

— Ne lui faites pas de mal, je vous en supplie... Ce n'est pas de sa faute.

— Vous êtes ensemble ? demanda l'un des déménageurs.

— Oui, oui... Tout va bien, lâchez-la !

— Embarquez-les tous les deux tonna le second.

Un gyrophare bleu qui interpelle les passants, des portes de fourgon grillagées qui claquent, et le deux tons de la voiture de police qui déchire le silence des rues parisiennes.

41

Elle entendit un bruit de clé qui tournait dans une serrure. Assise sur le banc crasseux du mitard, Nany leva les yeux. Derrière les barreaux, un jeune flic à l'air plutôt sympathique lui fit signe de sortir.

— Venez, mademoiselle...

Prostrée, Nany ne bougea pas.

— Mademoiselle ? Vous voulez bien me suivre ?

La jeune gardée à vue leva la tête. Qu'allait-il lui arriver ? Où était Loup ? Elle tremblait de froid et de peur.

— Où m'emmenez-vous ?

— Le commandant veut vous voir. Il a quelques petites questions à vous poser.

Nany ne régit pas. Des bracelets métalliques blessaient ses maigres poignets.

— Où est Lou ?

— C'est le jeune homme qui vous accompagnait ?

— Oui.

— Vous verrez ça avec le commandant.

Le commandant Beck était un homme d'âge mûr. Cheveux courts et barbe naissante, il portait — ce qui impressionna Nany — un pistolet dans un holster. Le policier la regarda en coin.

— Asseyez-vous, mademoiselle.

Probablement intrigué par le pétage de plombs de cette jeune fille de bonne famille, à en juger par son allure générale, le commandant commença l'interrogatoire. Nany ne comprenait pas pourquoi Lou n'était pas à ses côtés.

— Mademoiselle Stéphanie Lidol, 16 ans, lycéenne... C'est bien ça ?

— Oui.

— Pouvez-vous m'expliquer ce qui vous est arrivé, tout à l'heure, au cinéma ?

Nany garda la tête baissée, les yeux rivés à ses poignets meurtris qu'elle massait doucement.

— Vous allez me prendre pour une folle...

— Non ! Pas ça ! avertit Léon, muet jusque-là.

— Si vous ne justifiez pas votre comportement, ça se pourrait bien... prévint le policier.

— Il était encore là...

— Oh là là là gémit Léon en se prenant la tête à deux mains.

— Qui, « il » ?

— L'homme au chapeau...

— *Elle est foutue !*

— De quel homme parlez-vous ? Expliquez-vous, bon sang de bon sang !

— Du Dark Punk qui me poursuit nuit et jour, jusque chez moi.

— Du quoi ?

— Dark Punk. Un type qui appartient à la mafia du Dark Net.

— Vous délirez, mademoiselle.

— *Et voilà…* constata Léon.

— Je ne délire pas. Je l'ai vu comme je vous vois en ce moment.

— Mais où ? Dans la salle ?

— Non ! À l'écran ! Il a relevé le bord de son chapeau et j'ai reconnu ce regard mi-humain, mi-animal. Il m'a fixée, a sorti un pistolet et m'a visée en disant « Nany, on ne peut pas échapper à son destin. »

Le commandant commençait à s'impatienter.

— Vous vous foutez de ma gueule ? Allez-vous me dire pourquoi vous vous êtes mise à escalader les fauteuils et le public en pleine séance de cinéma ?

La jeune détenue le fixa si intensément que ses yeux en devinrent mauves fluo. Le commandant eut un geste de recul.

— Ça ne sert à rien ! Vous le voyez bien, vous ne me croyez pas !

— Comment pourrais-je accorder de la crédibilité à une déclaration aussi fantaisiste ?

Remarquant tout à coup la couleur de ses iris, le commandant se reprit.

— Vos yeux… Ils sont… Vous avez fumé ?

— Dis oui, l'usage de stupéfiants te donnera des circonstances atténuantes.

— Ta gueule ! Léon.

— Pardon ? mademoiselle…

Nany avait parlé tout bas. Mais le commandant avait l'ouïe fine.

— Ce n'est pas à vous que je parlais…

— Y aurait-il quelqu'un d'autre dans la pièce? Vous aggravez votre cas.

Lasse de ce discours stérile, Nany se mura dans un profond silence.

— Vous ne m'aidez pas, mademoiselle. Je vais être obligé de vous présenter au procureur de la République. Je vais vous laisser une dernière chance. Voulez-vous me dire, oui ou non, ce qui vous est arrivé tout à l'heure au cinéma?

Nany ne broncha pas.

— Tant pis pour vous. Vous l'aurez voulu. Brigadier! Emmenez-la.

42

— Qui a trouvé le corps?

Le procureur de la République faisait grise mine, et le commissaire encore plus. Un décès en garde à vue, ça veut dire descente de l'Inspection générale de la police et des emmerdes longues comme le bras. Le commandant Beck se faisait tout petit.

— C'est vous qui l'avez entendu, commandant?

— Oui, monsieur le Procureur.

— Vous n'avez pas fait usage de violence pour lui extorquer des aveux?

— Absolument pas. Vous verrez sur les bandes-vidéo, monsieur le Procureur. Et puis, son avocate était présente dès la première heure de garde à vue, comme la loi nous y oblige. Il ne porte aucune trace de coups. Je ne comprends pas.

— Pas la peine de préciser à l'IGPN qu'il était menotté au radiateur... Même si ce n'est pas ça qui l'a tué, ça fait désordre.

Le visage de Lou était détendu. On aurait dit qu'il dormait. Mais son cœur ne battait plus. Une petite ride sur le front indiquait juste une contrariété avant de partir. Mais c'était tout. Aucun indice n'expliquait le décès aussi subit qu'inattendu de ce jeune homme apparemment en bonne santé.

— S'il souffrait d'une fragilité cardiaque, son cœur a pu lâcher en raison d'un stress intense, avança le Procureur. Demandez une autopsie. En tout cas, on est dans la merde !

43

Léon survolait les grandes plaines du *Montana Bellos* à la recherche de Lou.

Mais qu'est-ce qui lui a pris ? On ne choisit pas un moment pareil pour aller se balader dans l'astral ! Et le Procureur qui a demandé une autopsie !

Léon enclencha le radar *Cosmic II*, réplique astrale parfaite des radars qui équipaient la marine nationale de guerre. L'appareil n'enregistra que le déplacement de météorites entrant dans l'atmosphère. Mais pas trace de Lou dans les parages. L'ange gardien effectua deux ou trois dérapages histoire de se défouler avant de mettre le cap sur le trou Noir.

Le trou Noir, c'était là que le Boucher et sa bande avaient établi leur quartier général, au plus profond des ténèbres. Si Lou s'était aventuré seul là-bas, il ne donnait pas cher de sa peau. Cette fois-ci, pour le coup, l'autopsie pourrait bien ne pas être superflue. Mais Léon chassa ses idées noires. Arrivé en vue du chenal des Égorgés, le radar de l'ange gardien enregistra un bruit de fond inhabituel. Il monta le son. Pas de doute, ce qu'il percevait ressemblait bien à une danse du scalp, même si les âmes ne possèdent plus de corps physique. Si Lou s'était laissé capturer par cette bande de sauvages, c'en était fini de lui. Léon tendit l'oreille, et ce qu'il entendit le conforta dans son idée.

Bougre d'idiot ! Et comment je fais, moi, maintenant, pour te récupérer ? Ah ! Mama, si tu voyais ton fils… Au fait, oui, que ferais-tu, toi, à ma place ?

Mais Mama ne répondit pas.

Tout seul ! Tout le temps tout seul dans les moments difficiles. J'en ai marre de jouer les héros.

Léon s'approcha au plus près de la Cité interdite, cœur du trou Noir, pour quémander quelques informations. Il apprit qu'une âme étrangère répondant au curieux prénom de Lou allait être sacrifiée dans deux lunes, et que s'il voulait assister au spectacle, il lui en coûterait trois florins. Léon s'acquitta de la somme demandée et put enfin pénétrer dans ces lieux maudits. Il savait que s'il était démasqué il était cuit. Léon serra des fesses et vola en rase-mottes jusqu'à la place des Suppliciés.

C'était un endroit minéral, régulièrement aspergé par de petites explosions colorées en forme de queues de comètes. Son centre, plongé dans l'obscurité, était aménagé à la manière d'une arène. Tout autour, de grandes tentures rouges délimitaient des espèces de balcons que Léon identifia comme étant des loges de théâtre. Ainsi, donc, ces barbares sacrifiaient des étrangers en public, comme à l'époque romaine. Mais ce qu'il ne savait pas, c'est que les duels qui s'enchaînaient pour le plus grand plaisir des sanguinaires Dark Punk ressemblaient plus à des affrontements de Jedi, qu'à des combats de gladiateurs.

Les lieux étaient gardés par une créature indéfinissable. Cette gargouille vivante qui paraissait déconnectée du monde, trônait au milieu de la piste. Mais Léon sentait bien qu'il aurait suffi d'un frottement d'ailes pour faire sortir le monstre de sa torpeur toute relative. Il jeta un petit caillou dans son dos, ce qui lui permit de vérifier le temps de réaction de l'animal. En une fraction de seconde, le Cerbère pivota sur son séant et huma l'air ambiant. À la manière dont ses yeux s'allumèrent, l'ange gardien en déduisit que la bête avait détecté sa présence. Ce petit intermède lui avait cependant laissé le temps de s'éclipser.

Il progressait maintenant dans un cachot froid et humide. À peine entré, Léon ressentit un violent mal-être, tandis que son radar biologique s'affola. Levant les yeux au plafond, il découvrit une myriade de niches numériques pas plus grandes que des cages pour oiseaux dans lesquelles s'agitaient des âmes prisonnières. Pas de barreaux à ces prisons virtuelles, seulement un puissant champ magnétique interdisant toute fuite. Léon ne voyait pas comment il allait reconnaître Lou au milieu de ces centaines d'âmes revenues à l'état de pur esprit. Il alluma son scanner. Si Lou n'avait pas stoppé son émetteur courtes distances, il parviendrait peut-être à le localiser. Mais le libérer, ça, ce serait une autre histoire!

Les codes-barres défilaient, sans que Léon ne parvienne à retrouver sa trace. L'ange gardien passa en revue toutes les niches, une par une. Il commençait à se faire à l'idée qu'il ne retrouverait jamais Lou. Par acquit de conscience, il procéda à une dernière inspection des cages numériques quand son scanner émit un imperceptible bip. Léon zooma la signature. Pas de doute, il s'agissait bien de Lou. L'empreinte venait du fond d'une vaste salle caverneuse. Guidé par le faisceau lumineux de son appareil, il parvint jusqu'à une minuscule gloriette dans laquelle s'étiolait une âme désespérée. Par chance, il n'avait pas été suivi. Mais sa venue avait suscité un immense espoir auprès des autres prisonniers qui s'étaient mis à crier, provoquant une redoutable cacophonie. Il fallait faire vite, car ils allaient le faire repérer. Léon s'approcha de la cage.

— Lou ! C'est Léon ! Tu m'entends ?

Le jeune homme ne répondit pas.

— Lou ! Réveille-toi ! Je t'en prie ! En bas, les flics te croient mort et veulent t'autopsier demain matin ! Nous disposons de peu de temps. Dans quelques secondes les gardes-chiourmes s'apercevront de ma présence, et nous ne sortirons pas vivants d'ici.

Devant l'absence de réaction du journaliste, Léon attrapa la cage à pleines mains. Il dut bien vite la relâcher, tant le champ magnétique était puissant.

— Y a-t-il un moyen de déconnecter cette saloperie de champs magnétique ?

Le détenu s'agita dans sa prison sans barreaux.

— Découpé en rondelles comme un vulgaire saucisson ! C'est ça que tu veux ? Alors, fais chauffer tes neurones, mon vieux !

Il croisa le regard affolé de son ami qui semblait vouloir le prévenir d'un danger imminent. La seconde d'après, un poignard fendit l'air et entailla l'oreille droite de Léon.

— *Merde ! Le Boucher !*

— File, Léon ! L'important, c'est Nany !

Incrédule, l'ange gardien resta une fraction de seconde face à la cage, incapable de prendre une décision. Puis, la mort dans l'âme, il finit par actionner le mode fusée. Le décollage fut si brutal, qu'il propulsa l'équipage hors du trou Noir, sans respecter les sas de décompression. Léon fit deux ou trois soleils avant de récupérer sa trajectoire. Il se retourna. Le trou Noir s'était déjà refermé.

44

Le docteur Cutter n'avait pas la réputation d'être facile. Il fulmina en s'apercevant que Rebecca, son assistante, n'était pas à son poste dans la salle de dissection de l'Institut Médico-Légal. Le médecin arracha la fiche qui était attachée à l'orteil du macchabée et fit la grimace.

Hum ! J'aime pas ça… Ça pue la bavure policière. Bon ! Allez ! Pas de temps à perdre.

Il passa son masque, enfila une paire de gants de latex et allongea le bras jusqu'à une gondole en acier brossé qui accueillait ses outils de laboratoire. Il choisit le scalpel le plus affûté et l'éleva à hauteur de ses yeux pour vérifier le fil de la lame.

Parfait ! À nous deux mon p'tit !

L'outil entailla légèrement la peau du cadavre sous le sternum. Le légiste eut cependant l'impression que le gisant avait bougé. Dans le doute, il figea son geste, sortit sa bouteille de whisky du placard et en but une bonne rasade.

Faut que j'arrête la coke. Ça me convient plus…

Il se pencha à nouveau au-dessus de la table, et, alors qu'il était sur le point d'enfoncer la lame du scalpel, un hurlement lui fit lâcher le manche. Le mort venait de se soulever sur ses coudes et le regardait avec des yeux exorbités. Cutter en fut paralysé, se demandant si ce qu'il voyait était bien réel, ou s'il était victime d'hallucinations. Avant qu'il n'ait eu le temps de réagir, le jeune mort-vivant sauta de la table de dissection et s'enfuit avec un drap enroulé autour de la taille.

45

Lorsque Lou entra dans la salle de rédaction du Parisien, ses collègues l'accueillirent en frappant dans leurs mains.

— Encore un p'tit effort, Lou, et tu pourrais même un jour être à l'heure, lui lança le rédac'chef, goguenard.

Le journaliste alla s'asseoir à sa place, en silence.

— Bon ! On peut commencer ? enchaina le boss. Pour la une de demain, s'il n'y a pas d'actu. on peut monter sur l'affaire du lait contaminé…

Lou crut que sa tête allait exploser. Il dévisagea ses collègues, tour à tour, en se demandant ce qu'il allait bien pouvoir annoncer. Quand ce fut à lui de parler, le journaliste tourna et retourna sa langue dans sa bouche, en vain.

— Eh bien, Lou… Qu'est-ce que tu attends pour nous présenter ton programme du week-end ? D'autant plus que c'est toi qui es d'astreinte…

— Mon pro… programme ? Ah, oui ! Mon programme… Eh bien, souffrez messieurs, que je ne vous en présentasse point le détail, tant le caractère « scoopique » de ce dernier me paraît évident.

— Lou, sois gentil, on n'a pas de temps à perdre aujourd'hui.

— Le temps… Le temps… Qu'est-ce que le temps, d'ailleurs ? Sinon une succession de vides remplis de… rien. Le poète Guillaume Apollinaire disait à ce sujet, « Passent les jours et passent les semaines… »

— T'as pété un plomb, mon vieux, ou tu te fous de notre gueule ? Si tu n'as pas préparé ton week-end de perm. dis-le franchement, mais ne nous fais pas perdre notre temps !

— À vrai dire, je ne me sens pas dans mon assiette. Je crois que je vais aller prendre l'air… ça ira mieux après.

— C'est ça, va prendre l'air, et profites-en pour peaufiner ton programme, parce que la conf. avec les chefs commence dans moins de dix minutes. Il vaudrait mieux pour toi que tu y voies plus clair.

Lou sortit dans la rue. Il n'était pas encore dix heures, mais le boulevard de Grenelle était déjà bien encombré. Sa blessure au niveau de la cage thoracique le faisait souffrir. Il n'eut pas le courage de prendre le métro pour rentrer chez lui et héla un taxi. Lou vit défiler les rues à un rythme accéléré. Sa tête était lourde et cotonneuse, son haleine chargée, et il avait des nausées. Lorsque la voiture s'arrêta sous les fenêtres de son immeuble, le jeune homme vit un rideau bouger au huitième étage. Nany était là, qui l'attendait... Un autre match s'annonçait...

46

Nany n'attendit pas que Lou ait franchi le seuil de la porte pour lui sauter dans les bras.

— Oh ! Mon Lou... ce que j'ai eu peur pour toi. Ils ne voulaient rien me dire au commissariat. J'ai cru que tu étais mort. Ça va ? Tu es tout pâle... Mais... tu saignes ?

La jeune femme passa sa main fraîche sous la chemise de Lou qui se raidit. Lorsqu'elle la retira, ses doigts étaient pleins de sang.

— Qu'est-ce qu'ils t'ont fait ? Lou ! Réponds-moi... supplia-t-elle en s'accrochant à son cou.

Mais son colocataire restait sur la défensive. Il recula contre le mur, en regardant Nany bizarrement.

— Tu me fais peur, Lou... Je ne te reconnais pas. Qu'est-ce qui se passe ? Mais parle, bon sang ! dit-elle en le plaquant contre le mur.

— Il y a longtemps que je suis mort... Enfin non, je veux dire que si j'étais mort, ça se saurait depuis longtemps... Mais comme tu vois, mes deux bras, mes deux jambes, ma tête, tout fonctionne à merveille pour un mort... heu... un mortel !

Nany le dévisagea, suspicieuse.

— C'est drôle, tu parles comme Léon... Mais au fait, il est où, celui-là ? Jamais au bon endroit quand on a besoin de lui. Léon ! Tu m'entends ? Léon ? Léon !

Les yeux mauves de Nany se braquèrent alors sur Lou. Elle fit un bond en arrière et plaqua ses mains contre la cloison, sans lâcher l'imposteur des yeux.

— Vous n'êtes pas Lou. Je le sais!

Elle transpirait. Ses lèvres se mirent à trembler. Elle recula jusqu'au tiroir de la table en cachant ses mains derrière son dos, l'ouvrit délicatement et, à tâtons, saisit un couteau de cuisine qu'elle brandit à deux mains face à son adversaire.

— N'avancez pas ou je vous crève, Dark Punk!

Le locataire de la dépouille de Lou n'eut pas le choix.

— Arrête, Nany! Je vais tout t'expliquer.

— M'expliquer quoi?

— Nany, tu ne me reconnais pas?

La jeune femme se sentit prise d'un léger malaise. Sa tête tournait et elle se sentait gelée.

— Léon? réussit-elle à articuler.

Lou-Léon relâcha la pression et crut bien s'effondrer sur le parquet.

— Nany, je te demande pardon, je n'ai rien pu faire.

Au lieu de calmer la rousse aux yeux mauves orage, cela eut pour effet de décupler sa colère.

— Où est Lou? hurla-t-elle, désespérée, en saisissant Lou-Léon au collet. Je t'en prie, que lui est-il arrivé?

Et elle relâcha prise pour éclater en sanglots.

Lou-Léon se sentit dépassé. Il s'agenouilla auprès d'elle, avança sa main pour essuyer ses larmes et se ravisa finalement.

— Il va bien ! Ne t'inquiète pas…

— Mais où est-il ? S'il va bien, pourquoi n'est-il pas ici, avec nous ?

Lou-Léon se racla la gorge, embarrassé.

— Eh bien, voilà…

— Voilà quoi ? Mais dis vite ! cria-t-elle en lui tambourinant la poitrine de ses poings rageurs.

— Il… Il est…

— Il est QUOI ?

— Retenu. Voilà, c'est ça, retenu…

— Retenu ? Mais explique-toi nom d'un chien ! Et que fais-tu dans son corps ?

Lou-Léon fixa le plafond pour éviter de croiser le regard incendiaire.

— Il m'a fait jurer de ne rien te dire… Si je parle, ça va être ma fête.

— Si tu ne parles pas, aussi !

— Ah ! Nany, s'il te plaît…

— Dépêche-toi, Léon, avant que je perde patience !

Menaçante, elle pointait à nouveau le couteau de cuisine sur lui.

— D'accord, d'accord… Je vais tout t'expliquer. Lou a été retrouvé inanimé dans la cellule de garde à vue, au commissariat de police.

— C'est pour ça qu'il n'était pas avec moi lors de l'audition ?

— Probablement…

— Les flics ont cru qu'il était mort, car son cœur ne battait plus, à ce qu'il se dit…

— Oh non ! Léon, je t'en supplie, pas ça…

— Mais c'était faux, Nany ! Lou avait juste eu la mauvaise idée de faire une sortie astrale.

— Une quoi ?

— Oh là là ! Ce que je vais prendre !

— Tu en as trop dit, ou pas assez. Mets-toi à table !

Léon expliqua donc à la jeune femme les sorties nocturnes du duo. D'abord incrédule, Nany finit par comprendre que Léon ne lui mentait pas, tant les détails qu'il lui rapportait étaient précis.

— Mais ce n'est pas de ma faute ! J'ai tenté de le dissuader, mais il ne voulait rien savoir. Il disait qu'il devait à tout prix vaincre les Dark Punk pour qu'ils te laissent enfin en paix.

— Accélère, Léon ! Il est où ?

— Quand les flics l'ont retrouvé inanimé, il était seulement sorti de son corps, comme lors de nos nombreuses sorties hors atmosphère. D'habitude, je veille et l'accompagne toujours. Par sécurité. Mais cette fois, il a trompé ma vigilance…

— Active, Léon !

— Quand je me suis rendu compte de son absence, je suis immédiatement parti à sa recherche. Je me doutais qu'il s'était aventuré jusqu'au trou Noir, le repaire des Dark Punk.

Léon épargna à son amie la danse du scalp.

— J'ai mis du temps, mais j'ai fini par le retrouver. Je pensais qu'il serait plus facile de l'aider à s'échapper. Mais sa prison virtuelle est un bunker magnétique infranchissable pour une âme errante.

— Tout ça ne m'explique pas pourquoi tu as pris sa place…

— C'est simple. Croyant Lou décédé en garde à vue, le procureur de la République a ordonné une autopsie pour le lendemain matin. J'étais désespéré. Au regard de Lou, j'ai compris ce qu'il me demandait. Je suis rentré à toute vitesse et j'ai intégré son corps, quelques secondes avant que ce débile de médecin légiste ne tente de le découper au scalpel.

— C'est ça, la blessure ?

— Oui, il s'en est fallu de peu.

Nany se jeta dans les bras de Lou-Léon et le serra très fort.

— Léon, mon héros, je ne sais pas comment te remercier… J'ai été injuste avec toi. Plus jamais je ne te traiterai de trouillard.

Lou-Léon bomba le torse.

— Seulement, il faut encore que je te dise quelque chose…

— Après ça, plus rien n'a d'importance, murmura Nany, toujours dans les bras de Lou-Léon.

— Malheureusement, je crois qu'il y a plus grave encore.

— Lou est en danger ?

— Les Dark Punk l'ont... condamné à mort. L'exécution doit avoir lieu demain matin aux aurores.

47

Léon avait fait aussi vite que possible pour rejoindre Le trou Noir. Maintenant qu'il se trouvait dans l'œil du cyclone, il regrettait sa décision aussi précipitée qu'insensée. Il courait tout bonnement à une deuxième mort. Et ce ne serait pas son sacrifice qui ferait revenir Lou. Il eut bien envie de rebrousser chemin, mais il savait que dans ce cas, il devrait se trouver un autre corps que celui de Nany pour exercer ses talents d'apprenti ange gardien. L'air était vif, et le calme qui régnait autour de la Cité interdite ne lui disait rien qui vaille. Au loin, il aperçut des fusées multicolores qui éclataient dans le ciel et retombaient en dessinant des traînées de cendre fluorescentes. De toute évidence, les Dark Punk effectuaient les derniers réglages de ce qui s'annonçait la fête du siècle. Radio Dark que Léon avait réussi à capter, annonçait une bonne cinquantaine d'exécutions. Et surtout la présence du grand Zagouro, l'empereur des Dark Punk, dans la Grande Loge du théâtre. Plus il se rapprochait de l'enceinte de la Cité interdite, et plus les clameurs lui parvenaient avec netteté. Un chauffeur de salle faisait répéter un public fictif, tandis que des supporters réclamaient la mort pour un combattant vaincu.

Léon choisit de prendre l'apparence d'un centurion romain pour franchir la grande muraille des Cauchemars. La sentinelle qui gardait la porte sud lui tournait le dos. Léon répugnait à utiliser la violence pour venir à ses fins, et encore plus à tuer. Mais il dut bien convenir qu'il ne parviendrait pas à sauver Lou avec des poèmes. Il s'approcha sans bruit du soldat, ferma les yeux, et… lui sectionna la carotide à l'aide d'un poignard effilé, avant d'aller rendre son déjeuner. Puis il ramassa un objet rond et long à terre qui avait appartenu au soldat. La chose ressemblait à une trompette rallongée, avec une visée laser sur le dessus. Léon la manipula avec précaution, de peur de se blesser. Sa maladresse légendaire lui dictait de rester prudent. Du plus loin qu'il lui fût possible de voir, la voie était libre.

Lorsqu'il arriva au deuxième poste de garde, Léon frémit. Avec son fusil en plastique et sa tenue de carnaval, il ne donnait pas cher de sa peau. Or, curieusement, le molosse qui faisait office de gardien le suivit d'un regard amusé.

— Tu es dans la loge des Dark Suit ? Chapeau gamin ! Tu as de l'imagination…

Léon lui fit un timide signe de la main, histoire de… et ne demanda pas son reste. Il tourna deux fois à gauche et arriva dans l'univers carcéral. Mais à sa grande surprise, les cages magnétiques blindées étaient vides et les prisonniers déjà transférés dans un endroit tenu secret.

Le couloir de la Mort, pensa Léon, tremblant.

Volant d'une cage à l'autre, l'ange gardien avait du mal à rester concentré. Il arrivait trop tard. Le compte à rebours était enclenché, et plus rien ne pourrait l'arrêter. Il eut bien envie de contacter sa hiérarchie, mais il savait que sa désobéissance ne jouait pas en sa faveur, et qu'on lui répondrait certainement que puisqu'il était si malin, il n'avait qu'à se débrouiller tout seul... Il poursuivit donc son chemin entre les rangées de cellules encore marquées de la trace vibratoire de leurs occupants, jusqu'à ce que le passage se rétrécisse. À tâtons, il progressa encore pendant quelques minutes. Sa main effleura une porte. Bien close. Il tenta une ou deux manœuvres pour désengager le pêne de la gâche. Peine perdue. Son empreinte astrale n'ayant pas été enregistrée par le webmaster carcéral, il n'avait aucune chance de pénétrer dans cette forteresse digitale. Il rebroussa donc chemin et, après plusieurs tentatives infructueuses, parvint finalement à accéder à un local isolé du reste du bâtiment. Pas un seul rai de lumière ne filtrait dans ce cocon aussi vide et noir qu'une nuit sans étoiles. Mais où étaient donc passés tous les prisonniers ? Et quelle heure était-il ? Malgré le voile occulteur dont avaient été équipés les lieux, il lui semblait apercevoir les premières lueurs de l'aube. Il fallait faire vite. Léon fit encore quelques pas avant de buter contre une autre porte. Contrairement à la première, celle-ci ne résista pas. Il la poussa timidement... et ce fut le choc !

L'ange gardien se retrouva au milieu de l'arène, sous le feu des projecteurs. Lorsqu'il apparut, une foule chamarrée lui réserva une ola digne des champions de football. Il resta pétrifié, les yeux fixés sur la Grande Loge où trônait un inquiétant personnage. Ce dernier le détaillait avec étonnement et… intérêt semblait-il. Puis il se leva et la foule dans les gradins fit de même. Pointant alors son sceptre vers l'étranger, il produisit un bruit sourd qui ressemblait à un grognement.

— Qui es-tu, étranger ?

Instinctivement, Léon se retourna.

— Tu es seul ici, tonna son interlocuteur, alors parle ! N'oblige pas le grand Zagouro à devenir… désagréable

Le grand Zagouro en personne ?

Léon n'avait aucune envie d'être désagréable au grand Zagouro, puisque c'était son nom. Mais il dut reconnaître qu'il ne voyait pas non plus comment lui être agréable.

Je suis tout de même son prisonnier, pensa-t-il. *Volontaire, mais prisonnier quand même.*

— Pour commencer, comment t'appelles-tu ?

— Léo… Léo… nida, bredouilla l'ange gardien.

— Léonida ? répéta après lui le maître des lieux. Soit ! Léonida… Bienvenue au carré de la dernière Heure. Quelle arme as-tu choisie ?

Dans l'attente de sa réponse, le public retenait son souffle, car l'arme sélectionnée par le combattant était bien souvent décisive dans la beauté du combat à mort qui allait s'ensuivre. Statufié, Léon bougea ostensiblement le bras tenant la trompette de Jéricho.

— C'est ton dernier mot? Tu n'as pas choisi la facilité, mais je respecte ton courage. Que la force soit avec toi!

Au même moment, un fracas résonna dans l'arène. La terre trembla et une créature immonde apparut dans le cercle de lumière. À la vue du mastodonte, Léon chancela. Il reconnut la gargouille qui gardait la place des Suppliciés, lors de son précédent voyage. Le public exultait. Le centurion sur la défensive recula d'un pas. Les yeux de la bête jetaient des éclairs. Elle bondit en rugissant et en crachant des flammes, avant de retomber sur ses pattes dans un nuage de poussière. Les bronches saturées par les particules inhalées et les yeux irrités, Léon avait beau chercher une issue pour se replier. Il n'y en avait pas. L'adversaire qui se tenait debout atteignait bien quatre mètres de hauteur. Quand il souffla de la fumée bleue par ses naseaux, Léon se protégea le visage avec sa main gauche, la droite serrant le fusil en plastique récupéré sur le gardien. Dans les gradins, la foule sifflait pour exciter la bête. Léon eut le temps de regarder une dernière fois le ciel avant que l'animal ne sonne la charge. Le centurion ne bougea pas pour tenter d'éviter la masse visqueuse qui s'abattit sur lui. En une fraction de seconde, il mordit la poussière. Le corps immobilisé par son adversaire, l'ange gardien ferma les yeux et attendit la sentence.

— À mort! À mort! hurlait le public.

La bête l'empoigna d'une seule main et le présenta aux spectateurs avant le grand sacrifice. Puis, elle se tourna dos au public qui se mit à siffler, en voyant que la Gargouille n'était pas disposée à lui offrir une exécution en direct. Alors, théâtralement, l'Exécuteur leva son glaive qu'il tenait maintenant à deux mains au-dessus de Léon terrorisé. Le public en transe hurlait toujours. Mais il ne vit que l'ombre chinoise de la lame agrandie démesurément par les projecteurs, s'abattre sur le corps de Léon. Puis la bête saisit sa victime et disparut en l'emportant dans les ténèbres.

III

Vers la lumière

48

Lou et Léon volaient côte à côte, sans échanger un mot. Le stress avait été trop intense. Alors qu'ils sortaient du trou Noir, Léon se tourna vers Lou.

— À aucun moment je ne me suis douté que c'était toi sous cette masse gluante. Quand tu as abattu le glaive, j'ai vu repasser le film de ma vie en accéléré.

— De ta vie, ou de ta mort ? Moi, je t'ai reconnu au premier coup d'œil, dans ta petite panoplie du parfait centurion.

— Ça va ! Ça va ! On va pas non plus en faire un plat.

— Tu as raison… Après tout, je t'ai JUSTE sauvé la vie !

— Ce n'est pas ce que je voulais dire, Lou. Je te suis reconnaissant, mais si tu veux bien, ça reste entre nous. O.K. ? C'est tout de même moi qui suis censé te protéger.

Cette fois, Lou exultait.

— C'est vrai, ça ! Maintenant, je t'appellerai « L'Ange gardé » !

— Si tu veux, mais pas devant Nany ! Promets-moi !

— Promis, juré, sinon je retombe entre les griffes de Zagouro.

— Dis, tu ne m'as toujours pas expliqué comment nous sommes parvenus à franchir le filet électromagnétique qui empêche les évasions au-dessus de la prison.

— En testant le maillage de sécurité à l'aide de mon enregistreur haute précision, j'ai trouvé une faille dans le système. Je me suis aperçu que toutes les quarante-deux minutes et demie, la centrale se déconnectait et mettait très exactement quinze secondes pour raccrocher le réseau. C'était plus qu'il n'en fallait pour prendre la poudre d'escampette. Il suffisait de ne pas rater son coup.

— Et ensuite, tu as pris l'apparence de la Gargouille…

— Tout simplement.

En bas, il avait plu. Leur descente sur Paris se fit au milieu de brumes odorantes. Jamais le parfum de l'asphalte fumant n'avait semblé aussi délicat aux deux explorateurs. Le soleil qui se reflétait sur la maison de la Radio donnait au tableau une rondeur humide. Tandis que le ballet ininterrompu des voitures électriques ajoutait une fréquence supplémentaire à ce cocktail d'ondes subtiles, que seule une âme hautement sensible pouvait capter.

49

Lorsque Lou revint à lui, deux gros yeux noirs guettaient le moindre battement de ses cils. Il eut bien envie de se rendormir, mais la voix lui intima l'ordre de se réveiller. Le commandant Beck avait passé la nuit à son chevet. Non qu'il craignît de le voir s'envoler – un policier restait en permanence en faction devant la porte de sa chambre – mais il tenait à l'entendre au plus vite. Lou reconnut les murs blancs de son appartement.

— Que faites-vous chez moi ? Où est Nany ?

— Doucement, fiston ! Ici, c'est moi qui pose les questions...

Lou tenta de se soulever, mais une violente douleur au thorax le cloua sur son lit. Il porta la main à son sternum et sentit un pansement à l'emplacement de la douleur.

— Que m'avez-vous fait ? Vous n'avez pas le droit !

— Vous avez juste failli être découpé en tranches par le maître boucher de l'IML, mon garçon.

— Je vais déposer plainte. Je veux immédiatement voir le commissaire Cordal !

Passant au tutoiement, le commandant éleva le ton.

— Oh là là ! Tout doux ! Veux-tu ? Dois-je te rappeler qu'avec ta copine, vous avez provoqué une émeute au Grand Rex il y a deux jours, et que pour arranger les choses tu es mort en garde à vue, et ressuscité à l'IML ?

— C'est une bavure policière ! Je n'en resterai pas là !

— C'est ça ! Pour l'instant tu vas te calmer, t'habiller, et me suivre.

— Mais de quel droit ?

— Exécution ! Où je rajoute rébellion sur le P.-V.

Lorsqu'ils sortirent de l'appartement, ce fut pour monter dans une voiture de police garée au bas de l'immeuble. Le commandant poussa Lou sans ménagement à l'arrière du véhicule. Le jeune homme s'assit entre deux gardiens de la paix à forte carrure, tandis que le boss lança un ordre au chauffeur.

— Au violon !

50

« Jeune femme extrêmement tourmentée présentant des signes de dédoublement de la personnalité avec tendances schizophréniques. »

Les experts qui s'étaient succédé à la barre du tribunal correctionnel de Paris n'avaient pas épargné Nany. L'un d'eux avait bien tenté de souligner que le harcèlement numérique dont elle faisait l'objet depuis plusieurs semaines et le cambriolage dont elle avait récemment été victime, pouvaient avoir momentanément altéré son discernement. Mais rien n'y fit. La présidente du Tribunal ordonna son placement en hôpital psychiatrique. Quant à Lou, qui avait pris le risque de confirmer l'apparition de l'un des membres des Dark Punk à l'écran du Grand Rex, il en fut quitte pour la même punition.

Les deux ambulances qui les conduisaient séparément au domaine de Blancs-Manteaux, situé en grande couronne parisienne, roulaient à tombeau ouvert. Dans leurs camisoles de force, les deux jeunes gens qui avaient préalablement reçu un sédatif commençaient à émerger, lorsque les deux véhicules passèrent le portail de l'entrée en faisant crisser les graviers de l'allée.

51

— Nany ! C'est moi !

— Bonjour, monsieur.

— Mais Nany ! Enfin ! Déconne pas…

Dans l'entrebâillement de la porte, Lou pouvait voir deux yeux hagards. Ce regard mauve hier encore si vif avait perdu de son éclat. Recroquevillée sur elle-même, Nany tordait nerveusement ses doigts en se balançant d'avant en arrière, et sa bouche récitait une litanie incohérente.

Nany… Qu'est-ce qu'ils t'ont fait ?

Lou étendit le bras pour toucher la joue de son amie, mais la jeune fille eut un violent geste de recul. Retranchée en position défensive, le dos dans l'angle de la pièce, elle se mit à hurler tandis qu'une écume blanche moussait aux commissures de ses lèvres. Le jeune homme comprit qu'il était inutile d'insister. Nany avait été droguée. Ses cris allaient alerter les infirmiers. Il devait partir au plus vite, au risque d'être, lui aussi, neutralisé par une camisole chimique. Un coup d'œil dans le couloir pour vérifier que la voie était libre, et, entre deux passages de fantômes, il rejoignit sa chambre le plus discrètement possible.

Allongé sur son lit, le journaliste se mit en devoir de chercher une solution pour sortir de cette fabrique à dingues. Seulement, il n'était pas question de partir sans Nany. Or, il savait que tant qu'on lui administrerait des neuroleptiques, la jeune femme ne serait pas en état de le suivre. Primo, faire semblant de dormir pour éviter la piqûre. Deuzio, se montrer le plus docile possible, afin que ses gardiens lâchent un peu de mou. Tertio — mais là il ne voyait pas comment faire — briser le cycle infernal dans lequel Nany venait de se laisser enfermer. Lou ferma les yeux et prit soin de ne pas entamer une sortie de corps accidentelle — ce qui lui arrivait parfois — tant le souvenir de l'incident de l'IML était encore vivace. Il allait s'endormir, quand une voix familière le tira de sa torpeur.

— Lou ! C'est moi, Léon !

— Léon ?

— Vous êtes mal barrés, tous les deux !

— Si c'est tout ce que tu trouves de réconfortant à me dire… Figure-toi que j'avais remarqué.

— Bon, il faut établir des priorités…

— Oui, et tu préconises quoi ?

— De sécuriser votre prochaine nuit à tous les deux, mais surtout celle de Nany !

— Pourquoi ? Nany est en danger ?

— Les âmes errantes qui ne sont pas montées vers la lumière… Tu sais bien qu'elles n'attendent qu'une occasion pour tenter de réinvestir un corps.

— Et alors ?

— Et alors ? Eh bien la nouvelle de l'arrivée de deux sérieux candidats à squatter a fait l'effet d'une traînée de poudre dans l'établissement. Dès que la nuit tombera, les âmes errantes arriveront. Les neuroleptiques ouvrent des brèches dans le système de défense, et si on ne fait rien, l'un de ces coucous chassera Nany de son corps pour prendre sa place.

— Mais, Léon, on est complètement démunis, face à ça !

— On a résisté aux Dark Punk, on va tout de même pas se laisser impressionner par des fantômes !

— T'as un plan ?

— Ben voilà…

52

Il commençait déjà à faire sombre lorsque Léon reparut avec un objet étrange dans les mains. Le disque de céramique qui pouvait bien mesurer soixante centimètres de diamètre, se terminait par un bec ouvragé. L'ensemble ressemblait à un vase inversé. L'ange gardien le posa délicatement sur la table avant d'allumer une chandelle qu'il introduisit dans l'orifice, en prenant bien soin de ne pas obstruer complètement le passage. Lou le regardait faire, sceptique.

— Tu comptes éloigner les fantômes avec un vase et une bougie ?

— Ce que tu vois là, ce ne sont ni un vase, ni une bougie, mon cher…

— Ah oui ? Et on n'est pas non plus enfermés en psy ?

— Ce que tu peux être défaitiste, mon pauvre Lou !

Léon virevoltait dans tous les sens. Il aurait trouvé la solution pour faire évader Lou et Nany, qu'il n'aurait pas été plus excité.

— Maintenant, le plus difficile sera de nous rendre dans la chambre de Nany et d'y rester.

— Ça, je m'en charge ! L'établissement ne dispose que d'une seule infirmière de nuit par étage. Autant dire qu'avec quatre-vingts patients dont un bon tiers est particulièrement agité, elle ne fera pas attention à nous.

— Bien, alors c'est parti ! Je te suis.

Lou et Léon se faufilèrent dans le couloir faiblement éclairé par une rangée de veilleuses et parvinrent sans encombre jusqu'à la porte de chambre de Nany. Lou poussa le battant. La pièce était silencieuse. Nany dormait d'un sommeil lourd secoué de petits gémissements. Léon plaça le piège à fantômes sur la table de nuit, le plus près possible de sa tête, et ordonna à Lou de venir s'asseoir près de lui. L'hôpital dormait. Seuls quelques bruits de chaînes malmenées et de verrous poussés trop brutalement emplissaient le vide. Lou et Léon restèrent en embuscade une partie de la soirée, sans qu'il se passe quoi que ce soit. À tel point que le journaliste se demanda si toute cette histoire n'était pas, une fois de plus, le produit de l'imagination de Léon. Pourtant, lorsque les douze coups de minuit sonnèrent au clocher de l'église voisine, il ressentit un malaise. L'air saturé de soufre devint irrespirable. À ses côtés, Léon se mit à s'agiter.

— Que se passe-t-il ?

— Ils arrivent, répondit-il à voix basse.

— Je n'entends rien.

— Oui, mais moi, je les sens.

— Ils sont nombreux ?

— Difficile à dire, mais certainement au moins une vingtaine.

— Si ton plan ne marche pas, qu'est-ce qu'on fait ?

— Il marchera.

Léon dirigea l'embouchure du piège à fantômes en direction de la porte, et les deux amis en embuscade, se tinrent prêts à accueillir les visiteurs. Ils n'eurent pas bien longtemps à attendre. Lou perçut d'abord le bourdonnement d'un essaim d'abeilles. Puis, le bruit se précisa. Des cris guerriers accompagnèrent un nuage cendré qui franchit le seuil de la pièce en modifiant son volume au gré des obstacles. Lou ne pouvait détacher ses yeux des faces hideuses qui émergeaient de cet univers gazeux suffocant. Les premiers soldats de l'armée des ombres ne se trouvaient plus qu'à quelques centimètres d'eux. Le plan de Léon ne fonctionnait pas. Il aurait bien dû s'en douter. C'était bien la dernière fois qu'il lui faisait confiance. Mais il n'y aurait sûrement pas de prochaine fois. C'est alors que se produisit un phénomène aussi étrange qu'inattendu. Le masque le plus hideux qui se trouvait devant eux se mit à se déformer en se tordant de douleur. Un deuxième, puis un troisième l'imitèrent, et bientôt la totalité de la cohorte commença à battre en retraite en poussant de lugubres plaintes. En quelques minutes, la chambre fut débarrassée des ondes parasites qui s'y accrochaient encore et le calme revint. Nany n'avait pas cillé. Léon se laissa tomber sur sa chaise, visiblement éprouvé par la séance, tandis que Lou qui ne comprenait toujours pas ce qui s'était passé, regretta d'avoir douté de lui.

— Merci Léon, dit le jeune homme en serrant la main de l'ange gardien. Tu nous as sauvés, une fois de plus.

Ce dernier haussa les épaules comme pour dire « Je n'ai pas fait grand-chose. » Mais ses yeux brillaient plus fort.

— Mais, dis-moi, demanda Lou, intrigué, tu ne m'as toujours pas dit comment tu as réalisé ce tour de force avec un vase et une bougie.

Léon prit un air supérieur.

— Rien de plus simple. La flamme de la bougie n'a d'autre fonction que d'attirer les âmes errantes friandes de lumière. Mais tu te souviens des recommandations de ton parapsychologue ?

— Tu veux parler du danger que représentent les pointes métalliques ?

— Exactement !

— Et alors ?

Léon ôta la bougie de l'orifice et renversa le vase. Un minuscule boîtier en plastique noir apparut au creux de sa paume. Il fut lui-même surpris d'être parvenu à le saisir. Ses progrès dans le domaine de l'action sur la matière étaient stupéfiants…

— Cet émetteur miniaturisé émet toutes les secondes des fléchettes numériques désincarnées. Ces projectiles ne tuent pas, ce n'est pas leur rôle, mais produisent une douleur assez intense pour que l'âme errante touchée abandonne sa proie.

— Impressionnant ! Mais il va falloir recommencer chaque nuit ?

— Non, fort heureusement. Tu sais ce qu'on dit, « chat échaudé craint l'eau froide. » Elles ne reviendront pas.

— Reste maintenant à trouver le moyen de faire évader Nany.

— Oui, mais ça, c'est une autre histoire !

53

Plusieurs jours passèrent sans que l'ombre d'une solution pour exfiltrer Nany ne vienne à l'esprit de Lou ou de Léon. Les deux compères commençaient à désespérer, d'autant plus que l'état de leur amie se détériorait de jour en jour. Plus le temps passait, et plus la jeune femme s'enfonçait dans une forme de démence désespérante. Jusqu'au jour où Léon arriva tout excité dans la chambre de Lou.

— Lou ! Lou ! Réveille-toi ! C'est le grand soir ! Faut pas laisser passer une occasion pareille…

Le journaliste entrouvrit les yeux, constata, désabusé, l'état d'agitation de Léon qui virevoltait autour de son lit, avant de se retourner dans un grognement sourd pour se rendormir. Mais Léon était bien décidé à ne pas le lâcher. Au bout d'une vingtaine de minutes d'un effort soutenu, Lou finit tout de même par l'écouter.

— C'est ce soir ou jamais ! À 18 h 30 précises, une ambulance arrivera pour transférer une patiente, celle de la chambre 12, vers une destination inconnue. On aura cinq petites minutes pour échanger la femme du 12 contre Nany — le temps que l'ambulancier aille récupérer le bon de transport auprès du médecin chef — et se faire la malle avec l'ambulance et Nany à l'intérieur. Ça suffit amplement.

— Et ensuite ? On va où ?

— Du temps de mon vivant, j'avais une petite maison de campagne dans le Loiret, en plein milieu d'une clairière. Tu te réveilles au milieu des lapins et des biches. Ça permettra de voir venir.

— Et tes héritiers ne l'ont pas récupérée après ta mort ?

— Ça, c'était mon petit secret ! Personne n'en connaissait l'existence. Même pas le fisc !

— Chapeau !

— Je t'ai dégoté une panoplie d'infirmier. Elle devrait t'aller.

Léon brandit alors un baluchon qu'il cacha sous le lit de Lou.

— T'es sûr de ton coup ?

— Certain ! Eh pis, qu'est-ce qu'on risque ? Seulement de retrouver la liberté…

— Va ! pour ce soir… Mais si ça rate, cette fois, Nany et moi, on sera bons pour la camisole chimique.

Et Lou traversa la main de Léon en voulant la frapper en signe d'accord.

— Dis donc, heureusement que tu disais que tu avais fait des progrès dans le domaine de l'action sur la matière…

— Ça dépend des fois ! Je contrôle de mieux en mieux. Pas encore à cent pour cent, mais ça vient. Mais dis, à ta place je me remettrais au lit dare-dare. J'entends des bruits de pas.

L'ambulance dont avait parlé Léon se gara comme prévu à 18 h 30 sur le parking situé juste sous le bâtiment où étaient hospitalisées la patiente du 12 et Nany. Le cœur battant, Lou observait par la fenêtre l'ambulancier trapu, se déplier laborieusement et prendre la direction du bureau du médecin chef. Pendant ce temps, dans un ballet bien rodé, deux autres infirmiers arrivaient avec un lit mobile sur lequel était allongée une patiente si chétive, qu'on aurait dit une enfant. Ils la soulevèrent sans ménagement et la passèrent par les portes arrière du véhicule. Puis, ils refermèrent soigneusement l'ambulance. C'était le moment d'agir.

— Prêt ? demanda Lou.

— Prêt ! confirma Léon.

L'ange gardien qui avait trouvé plus simple de reprendre une forme humaine, pressa de l'index sa fausse moustache pour s'assurer qu'elle ne se décollait pas et rajusta sa toque surmontée d'une croix rouge. Il appela le monte-charge. Déguisé en infirmier, Lou poussait avec une énergie débordante le chariot sur lequel Nany était allongée. À l'ouverture des portes, le duo l'enfourna dans l'ascenseur, non sans le cogner à droite et à gauche contre les montants métalliques. Puis Lou appuya sur le bouton RC. Ils sortirent le plus naturellement possible. Lou lança un « bonsoir » discret au gardien absorbé dans la retransmission télévisée d'un match de football opposant le PSG au Réal Madrid, tandis que Léon lui tendit un Bristol.

— Transfert numéro 812. R.A.S.

— Bonne route, répondit le réceptionniste, sans quitter l'écran de télévision des yeux.

Les portes automatiques du hall s'ouvrirent lorsque les deux hommes poussèrent le chariot à roulettes vers la sortie. Il ne fallut pas plus d'une minute pour extraire la vieille du 12 de l'ambulance et installer Nany à sa place.

— Laisse-la sur le parking, ordonna Léon à son associé. Le chauffeur revient dans une minute, elle n'aura pas le temps de prendre froid… Moi, je file à l'entrée pour m'assurer que la voie est libre. Tu me prends au passage, O.K. ?

— Ça marche !

Quand Léon aperçut le capot blanc de l'ambulance depuis la guérite de l'entrée, il ne put réprimer un petit sourire de satisfaction.

On a réussi!

Tandis que Lou présentait son laissez-passer falsifié à l'employé de service, Léon s'engouffra dans le véhicule qui démarra sur les chapeaux de roues. Le conducteur abaissa sa glace. Il venait de pleuvoir et les senteurs de la Terre décuplées par l'ondée s'invitèrent dans la voiture. Les deux hommes se regardèrent avec la sensation du devoir accompli. Ils ôtèrent leurs toques qui leur tenaient chaud et Léon décolla sa fausse moustache. Le soir tombait, et chaque tour de roue les éloignait un peu plus du risque d'être interceptés par une patrouille de police. Les deux complices pouvaient s'autoriser à se détendre. Lou alluma la radio. Les haut-parleurs saturés crachèrent un vieux tube des années 1980. Il reconnut *Nuit de folie* du groupe *Début de soirée* et baissa le son.

— Pas vraiment branché, l'ambulancier, fit-il remarquer en changeant de station.

L'ambulance quitta l'autoroute A 3 pour rejoindre l'A 86. Puis le véhicule aborda le boulevard périphérique, blindé à cette heure de pointe. Il fallut toute l'adresse de Lou qui avait mis le gyrophare, pour se frayer un chemin entre deux files de voitures se traînant à 50 km/heure, et des deux-roues qui remontaient les files à tout berzingue par la droite comme par la gauche. Ce ne fut qu'en arrivant sur l'Autoroute du Soleil que la conduite devint un peu moins sportive. Le chauffeur la quitta cependant le plus rapidement possible pour éviter d'éventuels barrages de police. Ils roulaient maintenant en direction de La Poste de Boisseaux, dans le département de l'Eure-et-Loir.

— C'est quoi au juste, le nom du bled où tu veux nous enterrer? s'inquiéta Lou.

— Saint-Ary... Ça figure même pas sur les cartes routières, répondit Léon en fouillant dans son nez.

— Super-programme!

— Dois-je te rappeler qu'on doit avoir toutes les polices de France au cul?

— Au cul, j'sais pas, mais devant nous... ça ressemble à s'y méprendre à un barrage routier. Si c'est pas pour nous, ça, je me fais curé.

Au loin, une silhouette sombre agitait une lampe torche pour signifier au conducteur de s'arrêter sur le bas-côté. Lou se tourna vers Léon.

— Qu'est-ce que je fais? Je fonce?

Plusieurs militaires gardaient les lieux, pistolet-mitrailleur au poing.

— Non, ça sert à rien. On est cuits... Que veux-tu faire?

Le policier se pencha à la portière et braqua sa torche sur les yeux de Lou.

— Police nationale, débita ce dernier en le gratifiant d'un salut militaire. Coupez le moteur et présentez vos papiers, s'il vous plaît!

Il avait un regard de génisse.

Lou hésita, puis se résolut à présenter son permis de conduire et sa carte grise. Le policier inspecta les documents, puis les lui rendit, suspicieux.

— Vous pouvez me montrer votre chargement ?

Lou blanchit, tandis que Léon, vert de trouille, restait figé sur le siège passager.

— Je vous ai demandé d'ouvrir les portes arrière du véhicule, s'impatienta le policier.

— Oui, oui... tout de suite s'empressa de répondre Lou.

Alors qu'il s'apprêtait à descendre de l'ambulance, le policier le stoppa net !

— Ne bougez pas de votre siège ! Déverrouillez simplement les portes arrière.

Lou lui obéit. Les charnières métalliques jouèrent sur leurs gonds et les deux hommes sentirent l'air frais pénétrer dans l'habitacle. Lou avait du mal à respirer. Dans le rétroviseur, il vit le policier sortir une photographie de sa poche pectorale et la comparer avec la patiente transportée.

Tout ça pour rien.

Il s'attendait à voir l'homme en uniforme lui signifier leur arrestation. Au lieu de cela, ce dernier referma soigneusement les portes, refit le tour du véhicule et lui rendit ses papiers.

Tout est en règle. Bonne route !

Il les gratifia d'un nouveau salut, avant de s'écarter pour sécuriser le démarrage de la voiture. Lou mit le contact et accéléra brutalement, avant que le policier ne change d'avis. Une fois hors du champ de vision des forces de l'ordre, il s'engagea dans le premier chemin de terre venu et stoppa l'ambulance. Les deux fuyards sautèrent de la voiture et se précipitèrent à l'arrière. Lou ouvrit énergiquement les portes et poussa une série de jurons.

54

— Qu'est-ce que c'est que ça ?

Deux gros yeux terrorisés le fixaient avec insistance, tandis que des mains décharnées s'agrippaient désespérément au drap qui recouvrait un corps que l'on devinait chétif.

— Mais qui êtes-vous ? Qu'est-ce que vous foutez là ?

Épouvantée, la vieille se ramassa encore un peu plus sur elle-même.

Léon qui n'avait pas encore ouvert la bouche réagit.

— C'est la vieille du 12 ! Lou, qu'est-ce que tu as fabriqué ?

— Je sais pas... J'ai sauté dans l'ambulance où se trouvait Nany et...

— Et la vilaine sorcière a transformé Nany en... ça !

« Ça » respirait maintenant très fort, les narines dilatées.

— Quand on a mis Nany dans l'ambulance, es-tu immédiatement monté dedans pour me rejoindre à l'entrée ?

— Non, j'avais oublié mon portable à l'étage. Je suis juste retourné le chercher. Mais ça n'a pas pris plus de trois minutes. Je ne comprends pas...

— Moi si ! Qu'est-ce qu'on fait de la vioque ? On va tout de même pas l'attacher au pied d'un arbre comme un chien... Y'a plus qu'à la ramener en psy.

— On va se faire piquer !

— Tu vois une autre solution ? On la dépose devant les portes de l'hôpital et on sonne avant de déguerpir pour qu'ils la trouvent rapidement.

L'ambulance fit marche arrière sur le chemin caillouteux. Une fois arrivé à la route, Lou reprit la direction de La Poste de Boisseaux et fit un grand détour afin de ne pas repasser devant le barrage routier. Et dans tout ça, Nany restait prisonnière des fous furieux de Blancs-Manteaux.

55

Le duo roulait depuis un quart d'heure toutes glaces ouvertes. L'opération s'était bien déroulée. Ils avaient réussi à passer entre les yeux des caméras de vidéosurveillance et fonçaient sur Saint-Ary qu'ils rejoignirent en moins d'une heure. Le jour se levait lorsqu'ils s'engagèrent dans la longue allée forestière qui conduisait au domaine. Dans les phares, Lou aperçut une biche effrayée qui traversa et sauta dans le fossé. Il pensa à Nany. À cette heure-ci, elle devait toujours dormir d'un sommeil plombé par les somnifères. Cette fois, il ne serait pas facile de la récupérer. La surveillance allait être renforcée. Léon lui ordonna de s'arrêter. Puis, il descendit de voiture pour aller ouvrir un énorme cadenas. La chaîne qui entourait les montants du portail céda dans un bruit de ferraille et l'ange gardien s'agrippa au métal rouillé. Il dut s'y reprendre à deux fois à cause de l'herbe qui avait envahi la cour. La maison était en fait un petit manoir à la toiture ardoisée qui faisait penser aux demeures de sorcières. Le lierre avait envahi la façade de pierre vieillie par les siècles, et les volets dont on devinait encore la couleur brume du matin, promettaient de résister avant de céder et de livrer leurs entrailles à la lumière du jour. Un escalier de pierre surmonté d'une rampe fatiguée conduisait à une porte fâchée avec les visiteurs. Bref, un petit havre de paix que seul venait troubler l'absence de Nany.

Les deux hommes pénétrèrent dans le repaire du poète, où Léon avait dû autrefois écrire ses plus beaux vers. Les lieux sentaient l'humidité et le salpêtre. Léon s'empressa d'ouvrir les volets. La lumière du jour, surprise, mit un certain temps avant d'oser pénétrer dans les lieux. Une grande cheminée trônait au fond de la salle de séjour. Léon plaça dans le foyer quelques bûches abandonnées sur place. Le bois bien sec qui attendait là depuis plusieurs années s'enflamma immédiatement en faisant pétiller ses chairs. L'ange gardien tendit le bras jusqu'à un placard poussiéreux, en sortit deux verres tout aussi douteux et une bouteille de Johnnie Walker, son whisky préféré, oubliant quelques instants que les plaisirs terrestres lui étaient depuis longtemps étrangers. Lou, quant à lui, avala cul sec le liquide ambré qui lui brûla les entrailles. Face à lui, effondré dans un fauteuil Louis XV, Léon flottait dans un autre monde.

— Léon ! Toi seul peux nous sauver.

À ces mots, l'ange gardien se redressa et croisa le regard de son ami. Il connaissait trop bien ces yeux-là. Cette lumière qui leur donnait la brillance de la tourmaline.

— Moi ? Vous sauver ? Mais… comment ?

Lou joignit ses mains à hauteur de sa bouche, pour mieux se concentrer.

— Tant qu'on n'aura pas réglé son compte à Zagouro, on ne réussira pas à se sortir de ce bourbier.

Léon devina immédiatement la pensée de son ami.

— Non, Lou… Tu ne vas pas me demander… Non ! C'est exclu !

Mais Lou braqua sur lui de tels yeux, que même un fantôme en aurait claqué des dents.

— C'est bien simple, Léon. Le nerf de la guerre, c'est l'information. Sans information, pas moyen de mettre sur pied une stratégie. Alors voilà ce que tu vas faire…

— Je ne vais rien faire du tout !

— Léon ! Tu es ange gardien et un ange gardien, ça ferme sa gueule ou ça démissionne ! Que penserait Nany, si elle savait que tu l'as abandonnée ?

Léon était confronté à un terrible dilemme. Sa nature profonde lui dictait de refuser le service qu'allait lui demander Lou, mais dès qu'il pensait à Nany, enfermée dans sa prison chimique…

— Voilà mon plan. À partir de cet instant, tu es un agent double !

Léon laissa échapper une imperceptible plainte.

— Je veux savoir ce que fait Zagouro à chaque seconde, tu m'entends ? Chaque seconde de sa chienne de non-vie. Pour ça, il faut que tu te fondes dans son monde. Que tu entres à sa cour. En clair, que tu deviennes son ami. Un être indispensable dans lequel il ait toute confiance.

À ces mots, Léon crut défaillir.

— Mais Lou, tu ne prétends tout de même pas vaincre une armée à toi tout seul ?

— Mais qui te parle de vaincre une armée, Léon ? Une armée sans chef n'est rien. Or, Zagouro n'est qu'un concept, une chimère qui a des failles, comme tout système électrochimique. Je veux que tu trouves cette faille, Léon, que tu découvres à qui appartenait une âme aussi noire. Et nous le réduirons en poussière. Ensuite, ses troupes s'éparpilleront dans la nature. Mais le plus urgent est de sortir Nany de cette maison de dingues. Et là encore, toi seul peux réussir.

56

Léon ne fit aucun commentaire. Il salua son ami et se retira. L'air de la campagne était plus pur que celui de Paris, et l'ange gardien prit un réel plaisir à survoler les forêts de Sologne. Un moment, son âme de poète faillit même le détourner de sa mission. Mais il revint bien vite à la réalité, lorsque près d'Orly, un Boeing de la compagnie Airlines faillit l'aspirer dans ses réacteurs. Perdu dans ses pensées, Léon n'avait pas vu l'oiseau bleu pourtant très poussif par rapport à la vitesse de propulsion d'une âme lumineuse. En bas, ça commençait à grouiller. Comme tous les matins le périph. était engorgé. Léon fut pris d'une quinte de toux tellement les gaz d'échappement étaient concentrés. Il était temps que les politiques fassent une place plus importante aux énergies vertes. Il prit un virage à quarante-cinq degrés pour suivre l'itinéraire bis au-dessus du Bois de Vincennes. Non loin, La D 920 — ex-nationale 20 — déroulait son ruban gris anthracite. À cette heure, la circulation était encore fluide. Quelques centaines de mètres plus loin, l'ange gardien ressentit une profonde angoisse. Comme à chaque fois qu'il abordait Drancy, ce lieu chargé de souffrance, il fut glacé par les longues plaintes des âmes errantes piégées dans l'ancien camp d'extermination nazi. Il accéléra la cadence. Bientôt il serait au chevet de Nany. Il apercevait déjà les longs bâtiments gris du centre de repos de Blancs-Manteaux. Léon piqua sur la cour carrée et fondit sur la chambre 420 à une vitesse peu raisonnable. Heureusement, l'aérofrein le stabilisa juste avant une collision certaine avec le mur porteur.

L'ange gardien reçut un coup au cœur en voyant dans quel état les tranquillisants avaient mis « sa » Nany. Son visage autrefois gracile s'était empâté et de petites taches rougeâtres parsemaient la peau détendue de ses joues. Il vérifia qu'aucune « soignante » ne traînait dans les parages, avant d'entamer la lente descente dans ce corps déjà si familier.

Pardonne-moi Nany, mais je n'ai pas le choix. Je peux t'assurer que je n'irai pas au-delà de ce que la situation exige. Bon, allez ! Il faut le faire…

Ce n'était pourtant pas la première fois qu'il s'immisçait dans le corps de Nany, mais cohabiter avec une Nany consciente, vigilante, exigeante, n'avait rien à voir avec la prise de contrôle d'un corps asphyxié par les barbituriques. Léon prit tout le temps nécessaire pour approcher l'intime de la femme qu'il aimait — à sa façon — certainement le plus au monde. Mais les limbes pharmaceutiques rendaient la fusion beaucoup plus compliquée que prévu. Peu à peu, l'ange gardien prit les commandes. La respiration fut la première fonction à se réveiller. Il emplit les poumons desséchés et rejeta énergiquement l'air vicié. Nany se mit à tousser. Puis, des bruits familiers — celui de la climatisation, d'une porte qu'on claque ou encore d'un téléphone qui sonne — envahirent la salle blanche. Nany-Léon consentit enfin à ouvrir les yeux. Le voile blanc qui flottait au-dessus d'elle se dissipa peu à peu. Elle n'osait pas encore bouger. Un goût âcre persistait dans sa bouche, et ses narines reconnurent l'odeur baignée de désinfectants de l'institution. Ce n'est qu'à ce moment que Léon prit pleinement conscience de ce que voulait dire « être une femme ». Lui, poète volubile, restait sans voix face à ce miracle qu'elles seules peuvent vivre. Comme si sa nature profonde s'était mystérieusement féminisée, jusque dans les moindres recoins de son être. Il était assailli par une cascade d'émotions, une sensibilité naturelle qui adoucissait chacune de ses pensées. L'essence même de sa conscience d'exister s'en trouvait policée. Et puis, il y avait cette sensation nouvelle face à ce corps qu'il découvrait. Il fut surpris de sentir sa poitrine pousser le lourd drap de lin à chaque respiration. Léon ne put se retenir de caresser le galbe de « ses » seins. Il releva sa chemise de nuit, découvrant une toison pubienne fournie. Il fut immédiatement troublé par la moiteur de son vagin. Comme si tout à coup il venait d'approcher la matrice du Monde. Mais de l'intérieur, avec cette certitude d'être capable de donner ce qu'il y a de plus précieux au monde, la Vie. Une sensation nouvelle tout en creux capable d'abriter l'Amour de la Terre entière. Quelque chose comme l'Amour universel prôné par le Christ. Qu'elles avaient de la chance, les femmes, d'être sur un plan vibratoire aussi élevé. Et eux, les machos, qui se focalisaient fièrement sur leur phallus dressé, sans comprendre qu'ils n'étaient rien d'autre que le consentement de leur femme, le glaive quand elles sont le calice, la paix quand ils sont la guerre, et la mort quand elles donnent le jour. Pourrait-il retourner dans une interface masculine ?

Nany-Léon déplia ses jambes. Léon les trouva fines et bien faites. Elle posa le pied par terre. Encore tout un équilibre dont il avait tout à apprendre. Il s'imagina sur des talons hauts et sourit. Ce qui l'étonna fut sa légèreté et sa grâce. Elle se regarda dans la glace, passa ses doigts dans ses cheveux pour les faire gonfler et se sourit avant d'enfiler la blouse blanche qu'il avait apportée. La porte de sa chambre n'était pas verrouillée. Elle attrapa le premier chariot venu et prit le plus naturellement du monde la direction de la sortie. Le gardien leva les yeux et lui mit la main aux fesses, alors qu'elle franchissait le tourniquet. Léon tressaillit et se retint de lui coller une grande gifle.

Salaud ! Va… Tu me le paieras.

Ce n'était pas le moment de tout faire foirer. Nany-Léon se dirigea vers le parking. Une file d'ambulances attendaient leurs conducteurs occupés dans les étages de l'Institut. Elle se demanda laquelle choisir.

Pique-nique douille, c'est toi…

Elle opta pour un véhicule dont l'ambulancier s'était absenté en laissant les clés sur le Neiman. Nany-Léon mit le contact et fut surprise par la longueur de ses ongles qui se plantèrent dans le plastique mou du volant.

57

Resté seul dans le manoir de Saint-Ary, Lou se reversa un verre de whisky et se laissa tomber dans le poussiéreux fauteuil Louis XV. Si on lui avait dit qu'un jour il se mettrait dans une galère pareille ! Plus de boulot, en cavale, Nany qui s'enfonce chaque jour un peu plus dans sa nuit et…

Le canon d'un pistolet collé contre la tempe !

— Pas un geste, Monsieur le reporter. Je n'hésiterai pas à tirer. Mais avant, nous avons des choses à nous dire.

Lou sentait le métal froid du canon à bout touchant sur sa tête. L'homme qui le tenait s'était placé derrière lui, de sorte qu'il ne pouvait voir son visage. Enfin, pas précisément, car un vieux miroir piqueté de rouille installé sur le mur de l'entrée lui renvoyait l'image d'une longue silhouette vêtue d'un imperméable couleur mastic et coiffée d'un chapeau rabaissé sur les yeux. Il distingua une fine moustache et une gauloise qui fumait au coin des lèvres.

Dark Punk !

L'homme prit un air détaché.

— Eh oui ! Surprise ! Cette fois, j'ai eu un peu plus de mal à vous localiser. Bien joué ! Mais maintenant que nous sommes réunis, passons aux choses sérieuses. Je te laisse le temps d'une cigarette pour me livrer l'âme de la fille aux yeux mauves. Pas une seconde de plus. Passé ce délai, je t'explose la cervelle.

Lou se mit à gamberger en désordre. Combien de temps une cigarette mettait-elle pour se consumer ? Il n'en avait aucune idée…

Tout dépend si on la tient cendre vers le bas, cendre vers le haut ou encore à l'horizontale…

Il se rendit compte qu'il gaspillait de précieuses secondes.

— Que voulez-vous à Nany ?

— Ici, c'est moi qui pose les questions.

— Mais… je ne dispose pas de son âme. Ce n'est pas comme ça que ça marche…

Un déclic fit sursauter le jeune homme. Dark Punk venait d'ôter la sécurité de son revolver.

— Comme tu voudras bonhomme… articula simplement l'homme au chapeau.

— Mais je comprends pas… me tuer ne servira à rien.

— Si tu es intelligent, je n'aurai pas à le faire.

De sa main gauche, il secoua la cendre de sa cigarette qui tomba sur l'avant-bras de Lou. La douleur fut instantanée. Sans s'en préoccuper, Dark Punk remit sa cigarette à sa bouche.

— Demande conseil à… comment tu l'appelles déjà ? Léon ? Oui, c'est ça, Léon.

— Qu'est-ce que Léon vient faire là-dedans ?

— Léon, c'est un peu de Nany. Sans lui, il y a longtemps qu'elle nous appartiendrait. Alors, tu te décides, où je broie ta petite gueule si sympathique.

58

Nany-Léon roulait à tombeau ouvert sur la D 920. L'autoradio réglé sur Radio Classic diffusait l'Andante en do majeur, concertos pour flûte Numéro 1 et 2 de Mozart, et Léon se surprit à fredonner l'air entraînant porté par les flûtes sautillantes. Cette musique collait exactement à son état d'esprit. L'air frais qui sortait des grilles d'aération du tableau de bord soulevait sa jupe et lui apportait des sensations nouvelles. Il sentit la pointe de ses seins se durcir et se dresser et éprouva une envie irrésistible de se faire pénétrer par un sexe mâle, là, tout de suite, à l'arrière de l'ambulance.

Pulsion aussi vite refoulée.

— Pardon Nany. Je ne voulais pas... C'est plus fort que moi. Je ne sais pas ce qui m'a pris(e).

59

— Dix secondes ! Plus que dix secondes avant que j'écrase mon mégot sur ta jolie petite tronche et que je te fasse sauter la cervelle. Pour la dernière fois, je te demande de me dire où se trouve Nany... et pourquoi elle arrive à passer sous nos radars.

Dans la glace, Lou vit le point rouge de la cigarette gagner en intensité. Dark Punk venait de tirer sa dernière taffe. Il n'entendit plus que le tic-tac de sa montre qui faisait subitement un vacarme étourdissant. Dark Punk arma le chien de son revolver.

— C'est ton dernier mot ? Crever par entêtement ! Y'a pas plus con. Enfin, c'est toi qui vois...

Terrorisé, Lou ne parvenait plus à ordonner ses pensées. Quand le doigt se crispa et appuya sur la détente, le jeune homme ne put s'empêcher de grimacer et de fermer les yeux.

60

En entrant dans la grande allée conduisant au manoir, Nany-Léon put enfin respirer. Le bruissement du vent dans les grands chênes finit de l'apaiser. Léon savourait pleinement ce moment, anticipant le plaisir de se retrouver tous les trois, hors de portée de ces infirmiers de malheur. Sa prochaine mission ? Il aurait tout le temps d'y penser. Carpe diem, se dit-il en inspirant à pleins poumons l'air pur de la forêt. Au fond de son corps harassé, Nany, privée de médicaments depuis plusieurs heures commençait à refaire surface. Sa jupe retroussée laissait apparaître des cuisses dorées et bien faites. Léon leur jeta un œil à la dérobée. Ses pommettes rosirent. En garant l'ambulance à côté du premier véhicule détourné, l'ange gardien se dit qu'ils allaient bientôt en faire la collection.

61

Un clic métallique brisa le silence. Lou ne réalisa pas immédiatement ce qu'il lui arrivait. Il n'osait pas rouvrir les yeux, mais il sentit un liquide chaud inonder son bas-ventre et couler le long de ses cuisses. Un grand rire fusa alors dans la pièce.

— Le héros a pissé dans son froc ! Voyez-vous ça ? Veux-tu que je sois plus convaincant ?

Cette fois, il n'y avait pas de balle dans le barillet. Mais tu n'auras pas de deuxième chance.

Il porta la main à son holster, saisit un objet jaune et pointu, fit basculer le barillet et engagea le projectile dans l'un des logements prévus à cet effet.

— Le hasard décidera si tu dois vivre ou mourir. Mais c'est toi qui tourneras le barillet. Tu viens de tirer la carte numéro X du tarot de Marseille, la roue de la fortune. Ce que dans notre milieu nous appelons la roulette russe. Je te rappelle que le chargeur ne contient qu'une seule balle. Alors, inch Allah, comme disent tes amis. Allez ! Tourne le barillet !

Lou refusa de se prêter à ce petit jeu macabre. Il n'avait jamais eu de chance dans la vie. Pourquoi en serait-il autrement aujourd'hui ?

62

La porte s'ouvrit brutalement et le vent s'engouffra dans la pièce.

— Lou ! On a ré…

Nany-Léon échappa les clés de la voiture sur les tomettes de la salle de séjour, lorsqu'elle reconnut Dark Punk. Instinctivement, elle recula vers le mur. Lorsqu'il la vit, l'homme au chapeau parut déstabilisé. Il braqua tour à tour Nany, puis Lou, puis à nouveau Nany, ne parvenant pas à se décider. Lou mit à profit ces quelques secondes de flottement.

Les pointes métalliques… les pointes métalliques…

Il se leva d'un bond, attrapa une faucille décorative accrochée sur la cheminée et frappa de toutes ses forces Dark Punk entre les omoplates. L'homme se figea avant de s'écrouler en poussant un long cri de douleur. Ses yeux grands ouverts exprimaient la surprise.

63

Léon se signa et abaissa sa visière. Il avait opté pour une apparence plus conforme aux us et coutumes du territoire des ombres. Sa motorisation naturelle, aussi, avait évolué, plus silencieuse, moins poussive, en symbiose avec son état d'esprit. Lorsqu'il quitta l'Arc solaire pour approcher le Dark Monde, il retrouva l'espace devenu familier des grandes plaines du Montana Bellos, un voile vaporeux traversé de nuées blanches qui laissa peu à peu la place à une contrée escarpée, où des nuages bleutés enveloppaient le haut de cimes imaginaires. La main crispée sur la poignée de gaz, l'ange gardien accéléra. Il fut bientôt en vue du trou Noir. Nany, Lou… leurs visages se superposèrent un instant devant sa rétine, puis disparurent. Un vent glacial le surprit à l'entrée du chenal des Égorgés. Ici, c'était l'hiver austral. Léon remonta son col de fourrure et sentit sa mâchoire se serrer. À la recherche du Boucher, il alluma son radar *Cosmic II* et fonça droit devant lui. Mais curieusement, l'appareil ne détecta aucune présence hostile. Fallait-il que le grand Zagouro soit si sûr de sa supériorité militaire, pour qu'il en néglige à ce point de garder l'entrée de son sanctuaire ? Léon resta quand même sur ses gardes. Mais à part quelques missiles longue portée qui décrivaient des arches romanes, là-bas, très loin dans ce ciel soufré, aucune menace imminente ne semblait guetter l'aventurier. Il arriva donc sans encombre à la porte sud de la grande muraille des Cauchemars. Mais cette fois, pas question d'égorger la sentinelle. Sa mission était d'amadouer le grand Zagouro, de collecter le plus d'informations possible afin de mieux le détruire. Il se posa en douceur devant le poste de garde et s'adressa le plus respectueusement possible au soldat.

— Bonjour monsieur. Je viens d'un monde lointain porter un message de paix au grand Zagouro.

Et il tendit le laissez-passer à base de données astrales élaboré durant le trajet par son système biométrique embarqué. La sentinelle le toisa, suspicieuse.

— Vous êtes attendu ?

Léon hésita une fraction de seconde, puis se reprit immédiatement.

— Bien sûr, mais Sa Majesté étant très occupée, je ne sais pas si le message lui aura été transmis.

Le tout suivi d'une révérence des plus obséquieuses.

— Ne bougez pas ! Je joins le P.C. commandement.

Léon sentit son courage le lâcher. Cette mission n'avait aucune chance de réussir. Une fois de plus il se maudit d'avoir manqué de courage face aux exigences de Lou. La sentinelle marmonna quelques mots incompréhensibles dans un cornet qui, sur terre, aurait pu contenir des frites et releva les yeux vers lui.

— On va venir vous chercher. Vous pouvez patienter sur l'aire de service réservée à cet effet, dit-il en désignant ce qui ressemblait à une banale place de parking.

Puis, l'homme reprit l'étude d'un document qui semblait cartographier La Cité interdite. Léon n'attendit pas bien longtemps avant qu'un étrange attelage n'apparaisse entre les murs ocre de la forteresse. Le cocher, un grand sec au nez en forme de serpette, conduisait un curieux animal à mi-chemin entre le dinosaure et l'hydre marine qui tranchait avec la modernité de propulsion des Dark Punk. Léon apprit beaucoup plus tard que ces soldats appartenaient à un corps spécial destiné à assurer la sécurité de Zagouro lors des cérémonies. L'équivalent de notre Garde Républicaine. Le militaire stoppa l'attelage à quelques mètres de lui, le salua et le pria de bien vouloir prendre place sur le siège de cuir rouge capitonné.

C'est un piège et je suis tombé dedans comme un bleu.

64

Ils arrivèrent devant un palais aux façades incrustées de pierres précieuses inconnues sur terre. Devant le porche, deux gardes en tenue d'apparat et armés de curieux instruments en forme de poire, se tenaient immobiles dans des guérites à rayures bleu et blanc. Le cocher fit descendre Léon et le confia aux bons soins d'une escorte armée jusqu'aux dents, à la tête de laquelle se trouvait un cousin de l'hydre qui tractait leur carrosse. Ils empruntèrent une enfilade de couloirs pavés de marbre rose. Enfin, après un cheminement qui n'en finissait pas, on introduisit Léon dans un salon fastueux aux plafonds ornés de moulures en stuc représentant la vie courtisane autour du grand Zagouro. Les gardes se retirèrent pour se poster à l'entrée de la pièce. Puis, commença une longue attente.

Quelle heure était-il ? Léon avait perdu la notion du temps dans cette bonbonnière privée de lumière naturelle. Nany, Lou, comme il aurait aimé se trouver près d'eux. Il sentait confusément que même s'il se tirait de ce mauvais pas — ce qui était encore loin d'être gagné — plus rien ne serait comme autrefois, qu'il y aurait un avant et un après Zagouro. Un étrange pressentiment qui lui collait à la peau, si l'on peut dire. C'est alors qu'un grand panneau mural pivota sur lui-même. Puis, un autre entièrement noir sembla sortir du sol et se stabilisa à hauteur de vue. Un flash blanc zébra l'écran — car c'était un écran de cinéma — et le visage de Zagouro apparut. Le maître des ténèbres le scrutait, le sondait, le transperçait de ses yeux noirs. Il ouvrit enfin la bouche.

— Qui es-tu, étranger, et que veux-tu ?

Léon alla chercher au fond de lui un filet de voix si mince qu'il parvint à peine à articuler.

— Do… Do… Dominus.

— Dominus, c'est ton nom ? Tu as pris un grand risque en venant ici. Personne ne se jette dans les griffes du grand Zagouro. Alors, voyageur, explique-moi la raison de ta venue. Ensuite, je te poserai une question à laquelle tu devras répondre par oui ou par non. Une mauvaise réponse signerait ton arrêt de mort. Je t'écoute.

Léon se racla la gorge et tenta d'adopter le ton le plus sincère possible.

— Monseigneur, mes intentions sont on ne peut plus pacifiques. Je viens d'un monde qui se délite de jour en jour, où les hommes n'ont pas compris qu'ils détenaient la clé de la pérennité de leur espèce. Ils détruisent chaque jour un peu plus leur environnement. La Terre se met en colère de plus en plus souvent et de plus en plus violemment. J'appartiens à une espèce qui ne mérite pas de survivre à la grande mutation de la planète bleue qui a déjà commencé. L'homme est un animal nuisible qui court à sa perte.

— Tu parles bien étranger et ton discours me plaît. Mais en quoi ta trahison peut-elle m'être utile ?

— Je ne considère pas ma démarche comme une trahison, monseigneur, mais comme une chance pour l'humanité. Nous devons nous élever vers la lumière, si nous voulons survivre au cataclysme qui se prépare. Mais nous avons besoin d'un guide. Je m'engage à vous livrer les Terriens sur un plateau d'argent.

— Comment puis-je savoir si je peux te faire confiance ?

— Vous avez mon existence entre les mains, Sir, n'est-ce pas une preuve suffisante de loyauté ?

— Soit, je choisis de te faire confiance. Désormais, je te veux en permanence à mes côtés pour régler les affaires de l'empire. Et si tu dis vrai, bientôt, la planète bleue sera sous notre contrôle ! Mais atten-tion ! En cas t'échec, ché sérrai sans pitié !

65

Zagouro venait de prononcer ces paroles avec un fort accent allemand. Son corps se raidit et il ne put empêcher la transformation de son visage, trahissant sa vraie nature. Horrifié, Léon vit successivement apparaître puis disparaître une courte moustache noire qu'il connaissait bien. Et aussi cette petite mèche brune si ridicule caractéristique du Führer.

Hitler !

Se sachant démasqué, le Führer ne chercha pas à nier l'évidence. Il se mit debout, fit claquer ses talons et leva le bras droit pour faire le salut nazi. Léon comprit que son avenir se jouerait, là, tout de suite, en fonction des réponses qu'il apporterait à ce monstre. Il n'eut pas le temps d'ouvrir la bouche. Hitler le devança.

— Alorrr, Tominus ! touchours prête à me suifre ? Rémarque pien qué tou n'as pas fraiment lé choix. Au cas zoù... préfères-tu le putane ou le propane ?

Léon était partagé. D'un côté, il n'oubliait pas que son contrat était d'amadouer Zagouro pour mieux le supprimer. Mais de l'autre, la véritable identité de ce dernier changeait tout.

— Alorrr? hurla le Führer? Décizion immédiate, sinon ché té transforme en apât-chour!

Se renier et prononcer des paroles qu'il ne réussirait jamais à expier, ou mourir. Pas d'alternative.

— Grand Zagouro, pourquoi voudriez-vous que je change d'avis? Je vous ai donné ma parole, et je ne reviendrai pas dessus. Expliquez-moi plutôt votre plan pour en finir avec cette civilisation de dégénérés…

Visiblement apaisé, Zagouro reprit son physique de maître des ténèbres et abandonna son accent à couper au couteau. Léon, quant à lui, fit de son mieux pour dissimuler son trouble.

66

Étendue sur le grand lit à baldaquin, Nany sortait doucement du coton. Son corps convulsait et réclamait les produits chimiques. Ses articulations la faisaient souffrir et elle avait du mal à respirer. Lou s'approcha d'elle et lui mit un gant froid sur le front. Ses grands yeux mauves s'accrochèrent à lui. Mais il eut l'impression qu'elle ne le reconnaissait pas.

— Nany… c'est moi, Lou. C'est fini. Tu es en lieu sûr. Repose-toi.

Il profita de cet intermède pour rouler Dark Punk dans le grand tapis du salon et aller le jeter dans la mare située juste derrière le manoir. Il dut s'y reprendre à deux fois pour le charger sur son dos, tant ce cochon de Dark Punk était lourd. Avant de couler, le cadavre laissa échapper quelques bulles rondes qui vinrent éclater à la surface. Lou vit dans ce présage une dernière bravade. Puis, le sandwich humain s'enfonça doucement dans l'eau en soulevant un nuage de vase.

Lorsque Lou revint à la maison, Nany avait partiellement repris ses esprits. Assise sur le lit, elle se demandait ce qu'elle faisait là.

— Où est Léon ?

— Déjà reparti. Il m'a demandé de l'excuser.

— Reparti où ?

Quoi répondre ? Il ne pourrait pas lui mentir éternellement. Autant tout avouer. Mais, contre toute attente, Léon qui avait réintégré le corps de Nany quelques instants plus tôt prit les choses en main.

— Présent ! cap'tain Nany. À vos ordres !

— Où étais-tu fourré depuis tout ce temps ?

— C'est à toi qu'il faut le demander.

— Comment ça, à moi ?

— Ben, tu reviens quand même de loin !

Seulement, Nany n'avait gardé aucun souvenir de cette parenthèse. Elle fronça les sourcils en signe d'incompréhension. Lou entreprit donc de lui raconter dans le détail sa « captivité » à Blancs-Manteaux, leur évasion ratée, enfin, surtout la sienne, et l'idée géniale de Léon couronnée de succès, sans omettre la mort de Dark Punk.

— Alors, c'est fini, si Dark Punk est mort ! s'exclama la jeune femme.

Lou la dévisagea, soucieux.

— Non, c'est loin d'être terminé, Nany… Ils nous enverront d'autres Dark Punk, encore et encore. Et nous ne pourrons pas tous les éliminer.

— Alors, il faut supprimer leur chef.

La solution avait fusé des lèvres de Nany comme une évidence.

— Plus facile à dire qu'à faire, répliqua Léon qui sentait que ça allait encore lui retomber dessus.

— T'as mieux à proposer ? demanda Nany.

Léon pensa qu'il était temps d'expliquer sa découverte et de dévoiler la véritable identité du grand Zagouro, ainsi que ses desseins les plus secrets.

Après avoir écouté l'ange gardien sans l'interrompre, les deux amis firent part de leurs réflexions. Lou voulait en découdre avec celui qui avait plongé l'Europe dans le chaos, tandis que Nany supplia au contraire de ne surtout pas entrer dans le jeu de Zagouro, tant le match lui paraissait déséquilibré.

— Il ne fera qu'une bouchée de nous tous ! Il faut oublier cette idée.

— Pas s'il suit aveuglément Léon, objecta Lou. L'histoire ne se répète jamais deux fois. Léon va repartir en éclaireur.

— D'ailleurs, il faut que j'y aille, confirma l'intéressé. Si Zagouro découvre que je lui ai faussé compagnie, il me tuera. Allez ! Bye !

— Fais attention à toi, Léon, supplia la jeune fille en mimant l'envoi d'un baiser.

Léon en fut touché. Il entama un lent processus de sortie de corps pour éviter de trop la perturber, puis, sauta dans ses bottes de sept lieues.

67

Lorsqu'il arriva au palais du grand Zagouro, Léon comprit que le maître des lieux avait décidé d'accélérer le mouvement. La Cité interdite ressemblait à une ruche. Tous les bâtiments publics étaient pavoisés du drapeau noir et or Dark Punk représentant une tête de mort stylisée. Le noir pour la profondeur des ténèbres et l'or pour la lumière. Des engins aux formes inconnues survolaient le palais en rase-mottes, tandis que des fantassins aux allures de héros de La Guerre des Étoiles couraient en tous sens. Léon dut se frayer un chemin pour parvenir jusqu'à l'entrée du palais. Zagouro l'accueillit froidement.

— Ah ! té foilà, toi… Où étais-tu passé ?

— Je travaillais, monseigneur. Mais, qu'arrive-t-il ?

— Ch'ai técidé t'avancer l'attaque terrienne.

— Mais… nous ne sommes pas encore prêts et…

— Le nerf te la guerre, c'est la surprise, Tominus. N'ouplie jamais ça ! La surprise…

— Bien, monseigneur.

— Lors tu tébarquement en Normantie en 1944, si ch'afais écouté Rommel, nous n'en serions pas là ! À l'heure qu'il est ché serais le maître tu monte.

La bouche de Zagouro-Hitler se tordit en un rictus machiavélique.

— Vous le serez bientôt, monseigneur.

— Fiens ! Ché fais te montrer quelque chose.

Ils décollèrent quasiment à la verticale, et Léon ressentit un frisson en percevant les énergies négatives qui montaient du fort. Arrivés devant un monticule de terre, la porte de ce qui ressemblait à un bunker coulissa silencieusement. Sur ordre de Zagouro, ils s'y engouffrèrent. Léon ne vit tout d'abord pas grand-chose, jusqu'à ce que ses yeux s'habituent progressivement à l'obscurité. L'ange gardien comprit qu'ils se trouvaient dans une base militaire dernier cri. Les nombreux engins étaient rangés en épis. À droite, des avions noirs furtifs en forme d'aile delta, semblables à ceux qu'il avait vus survoler la Cité interdite. À gauche, des tanks au profil de jaguar tout aussi sombres. Des engins de la dernière génération. Zagouro exultait.

— Toutes les machines que tu foies fonctionnent à l'antimatière.

— Qu'est-ce que c'est ?

— Un carpurant naturel issu de l'énerchie des trous noirs de notre kalaxie, ricana Zagouro. Quand quelque chose existe, son contraire existe ékalement. Une bosse égale un trou. De la matière égale de l'antimatière. Une seule koutte de cette énergie permet à nos féhicules de parcourir l'équifalent de fotre tistance Terre-Lune à la fitesse T.

— T ?

— C'est l'apréfiation pour téléportation.

— Vous savez vous téléporter à n'importe quelle distance ?

— Mieux que ça ! Nous poufons aussi foyacher dans le temps. Le passé comme le futur car le temps n'est pas linéaire contrairement à ce que croient la plupart des hommes, mais ressemble à un fourre-tout à l'intérieur tuquel on peut se téplacer liprement.

Zagouro remarqua le trouble de Dominus.

— Mais z'il me manquait encore un allié. Fous zallez être mon chefal de Troie. Grâce à fou, ché vais enfahir le monte plus sûrement qu'une épitémie de choléra.

68

Léon ne connaissait pas le secret de la téléportation, mais il se déplaçait assez vite pour que ses absences passent inaperçues du grand Zagouro. Il pouvait être trois heures du matin, lorsqu'il amorça sa descente au-dessus du manoir. Par les fentes des volets, il aperçut de la lumière dans la chambre de Lou.

Très bien, je n'aurai pas à le réveiller. On va gagner du temps.

L'ange gardien filait silencieusement entre les frondaisons des arbres. Il huma une fois encore les effluves de sève fraîche, avant de piquer sur la fenêtre éclairée. À sa grande surprise, il traversa la vitre sans la briser ni se blesser.

Ça vient, Léon… Encore un petit effort et tu seras au point.

Il trouva Loup avachi sur une vieille chaise vermoulue, un verre de whisky à la main, et le tança vertement.

— C'est la guerre, et toi tu passes ton temps à te ruiner la santé avec cette cochonnerie !

— La guerre ?

Lou s'efforça de relever la tête vers l'ange gardien. Une mèche brune lui tombait dans les yeux. Il en lâcha son verre qui se fracassa sur le carrelage.

— Qu'est-ce que tu racontes, Léon ? Quelle guerre ?

L'ange gardien s'impatienta. Et comme à chaque fois qu'il était dans cet état, il se mit à tournicoter autour de son ami. Lou se boucha les oreilles.

— Arrête Léon ! Je t'en prie ! Tu vas me rendre dingue…

Léon prit sur lui et tenta de masquer son agitation.

— C'est la guerre, Lou ! Zagouro veut prendre les Terriens par surprise et attaquer le plus rapidement possible. Dans les jours, peut-être même les heures qui viennent. Il dit que cette fois il ne ratera pas son coup comme en 44 ! On est foutus, Lou…

Le journaliste dut bien convenir que la situation était grave. Mais surtout, il ne voyait pas de quelle façon opposer la moindre résistance à cette armée des ombres.

— Merde ! Ils ne se battent pas sur le même plan que nous. Toutes nos armes les plus sophistiquées sont inefficaces contre des fantômes. Et en plus, tu me vois aller raconter aux militaires qu'une attaque est imminente, mais que tout va se passer dans leur tête? Ils me prendront pour un fou et, au mieux, je retournerai à Blancs-Manteaux.

— Attends, Lou... Il doit bien y avoir une solution.

Réveillée par les éclats de voix, Nany se leva et entrouvrit la porte de la chambre. C'était la première fois qu'elle voyait Léon désincarné. Elle ne put s'empêcher de glousser en voyant cette boule d'énergie qui émettait de puissantes vibrations. Stabilisée à hauteur d'homme, l'âme de Léon était auréolée d'une lumière dorée.

Eh bien! C'est ça, un ange?

Léon se sentit tout nu et eut le réflexe humain de cacher... Il savait qu'il n'avait plus rien à cacher. Tous les «trois» se réunirent autour de la table du salon pour tenter d'élaborer un plan de bataille. Ce fut Lou qui émit les premières propositions.

— Bon, on doit donc se préparer à une guerre psychologique, car c'est bien sur ce plan-là que les choses se passeront. On est d'accord?

Les deux autres acquiescèrent.

— O.K. continua Lou. Il est tout aussi clair que nos avions et autres armes les plus sophistiquées soient-elles ne nous seront d'aucun secours, puisque l'armada de Zagouro est virtuelle...

— Complètement! confirma Léon.

— Ce qui implique que Zagouro bénéficie d'une supériorité militaire écrasante, puisque nous autres, les Humains, n'en sommes qu'aux balbutiements dans ce domaine. Je ne vois pas de quelle manière nous pouvons nous en sortir.

Nany qui n'avait encore rien dit demanda à prendre la parole, en levant le doigt comme à l'école.

— J'ai peut-être une idée…

Ses yeux mauves venaient de s'allumer.

— Mais je ne sais pas comment nous allons nous y prendre…

— Dis toujours, répondit Lou, désabusé.

— Je ne vois qu'une seule possibilité, nous battre sur le même terrain que Zagouro.

Lou lui coupa la parole.

— Ça, on est au courant. Mais tu fais quoi ?

— Laisse-moi parler ! s'impatienta Nany.

— Oui, laissons-la s'exprimer intervint Léon.

— Eh bien voilà, à votre avis, qui composera l'armée de Zagouro ?

Les deux hommes se regardèrent en mimant leur incompréhension.

— Je ne sais pas, les soldats de Zagouro… lâcha finalement Lou.

— Bien sûr, mais si tu étais Zagouro, comment choisirais-tu tes généraux ? demanda Nany, les yeux plus brillants que jamais.

Léon s'agita violemment.

— Je vois où tu veux en venir, Nany ! Tu es géniale. Il va tâcher d'amener à sa cause les âmes des plus grands nazis et collabos de la Deuxième Guerre mondiale. Les Rommel, Goering… mais aussi des âmes de convertis, les pires, comme celles de l'écrivain Céline, peut-être même du maréchal Pétain et de Laval, le chef du gouvernement de Vichy...

Lou comprenait enfin. Il fallait à tout prix aligner face à cette armée redoutable, les âmes les plus pures qui soient.

— Et nous, de notre côté, nous devons donc mobiliser les de Gaulle, Jean Moulin et compagnie...

— C'est exactement ça! s'exclama Nany.

— Bon, il n'y a pas une minute à perdre, conclut Léon.

— O.K., mais par quoi on commence? s'inquiéta Lou. Le temps presse et Léon est occupé à plein temps par Zagouro, quant à toi, Nany, tu ne sais pas voler. Seul, je ne réussirai jamais à fédérer tout ce petit monde.

Le découragement s'empara alors du trio. Ce fut Léon qui redonna le moral aux troupes.

— Je serai le pivot de cette opération. Près de Zagouro, je suis bien placé pour savoir ce qui se passe là-haut. Je prétexterai la nécessité de me déplacer pour passer les troupes en revue et j'en profiterai pour enrôler les meilleurs. Lou attendra mes instructions pour faire de même. Puis, nous procéderons par effet boule de neige. Nous chargerons chaque recrue d'enrôler chacune dix volontaires. Tout passera par moi. Si ça se déroule bien, en quelques heures nous pouvons lever une armée de Justes aussi puissante que celle d'Hitler.

— Et moi, je fais quoi dans tout ça? geignit Nany.

— Toi, tu seras notre pivot terrestre, déclara solennellement Léon. Tu devras filtrer toute information avant qu'elle me soit transmise. Te rends-tu compte que sans ton idée, la Terre aurait peut-être sombré dans le plus grand chaos jamais vu depuis la Deuxième Guerre mondiale ?

Nany sourit, et les Trois Mousquetaires joignirent leurs mains au-dessus de la table. Une main virtuelle pour Léon.

— À partir de cet instant, c'est *un pour tous, tous pour un !* annonça Lou.

69

Zagouro avait revêtu sa tenue d'apparat, une robe de bure écarlate incrustée de pierres précieuses cousue de fils d'or. Un large collier de métal cuivré très travaillé pesait sur sa poitrine. Tandis que son crâne dégarni arborait une couronne ornée de l'emblème Dark Punk. Assis sur son trône d'une taille démesurée, il tenait un sceptre dans la main droite. Le bâton d'or fin était surmonté d'un globe terrestre en albâtre. Face à lui, un écran de plusieurs mètres de base diffusait des images émanant de toute la planète. Zagouro suivait en direct la levée de son armée, et ses plus fidèles lieutenants ne ménageaient pas leur peine pour enrôler les âmes les plus noires. Léon reconnut l'homme qui avait établi la première dictature fasciste en Europe, Mussolini, le regard droit et fier sous sa casquette surmontée d'un aigle. Et aussi Hirohito, l'ex-empereur du japon, avec sa raie sur le côté et sa poitrine couverte de médailles. Mais également les représentants de pays beaucoup moins connus pour leur allégeance à Hitler, notamment la Bulgarie, la Croatie, la Finlande, la Hongrie, la Roumanie ou encore la Slovaquie…

L'ange gardien étouffait.

— Puis-je me retirer, monseigneur? J'ai encore beaucoup à faire et…

— Faites! Je veux que la coalition soit opérationnelle dès ce soir, et que nous soyons en mesure d'attaquer au plus vite. L'idéal serait dès l'aube.

Léon s'éclipsa, laissant le Führer seul dans sa bulle. Avant de sortir, il marqua un arrêt sur le seuil de la porte, pensif.

Ne serait-ce pas le moment idéal pour le supprimer? Pas de témoin…

Mais il se ravisa. Tout d'abord, il ne possédait pas d'arme lui permettant de passer à l'acte. Et puis, il serait vite suspecté et capturé. Non, ce n'était pas le bon moment. Dommage, cela aurait certainement pu éviter une hécatombe. De retour à son bureau, il entra en communication avec Lou qui cherchait à le joindre depuis une bonne demi-heure.

— Alors?

— Dur, dur… répondit Lou. La plupart des résistants se trouvent justement en ce moment au sommet mondial pour la Paix. Ils n'en sortiront que tard, ce soir. Et d'ici là, impossible de les joindre.

Le *Cosmec* est un bâtiment équipé d'un blindage hermétique.

— C'est la cata. Zagouro compte attaquer demain matin.

70

Sur terre, la mission s'annonçait difficile, voire impossible. Lou rôdait depuis une bonne demi-heure autour du *Cosmec*, mais n'avait rencontré aucune âme qui vive. Il savait qu'une fumée blanche sortirait de la haute cheminée de briques rouges, lorsqu'un accord serait trouvé, mais cela pouvait prendre plusieurs jours. À croire que la paix n'allait pas de soi. Il faut dire que depuis que les migrants de Syrie arrivaient chaque jour par milliers en Europe, les choses s'étaient compliquées. Les dirigeants, d'abord accueillants, avaient finalement tenté de mettre un frein à cette hospitalité. En vain. Puis, les populations s'étaient violemment retournées contre ces étrangers qui venaient « manger leur pain ». Jusqu'à devenir profondément nationalistes. Ce qui n'était pas pour déplaire à Zagouro. Il avait manqué son but de peu dans une autre vie. Cette fois-ci, toutes les conditions étaient à nouveau réunies pour qu'il devienne le maître du monde.

Alors qu'il tempêtait, le journaliste aperçut au loin une silhouette furtive qui survolait l'imposant bâtiment. Il reconnut la marque de fabrique des Dark Punk.

Ces chiens étaient déjà sur le pied de guerre.

L'espion repéra rapidement sa présence et modifia sa trajectoire. Lou enclencha la liaison télépathique avec Nany et lui décrivit ce qu'il voyait.

— Bien ! Je transmets immédiatement à Léon. Ne prends pas de risques, Lou. Je…

Mais la fin de sa phrase ne vint pas. Les deux hommes qu'elle aimait le plus au monde prenaient des risques inconsidérés pour sauver l'Humanité de l'asservissement. Mais qu'y gagnerait-elle, si l'un des deux, voire les deux ne lui revenaient pas ? Sans eux, le manoir lui paraissait encore plus grand et froid. La seule chose qui la rassurait un peu était de savoir qu'en ce moment, les Dark Punk avaient probablement d'autres chats à fouetter. Heureusement, car sans protection elle se sentait très vulnérable.

Il faut que j'occupe mon esprit, sinon, je vais devenir folle, pensa-t-elle. Elle ouvrit un gros cahier à reliure dorée, saisit l'unique crayon dont elle disposait, et entreprit de recenser les âmes vaillantes qu'elle pourrait recommander à Léon. Sans oublier, bien sûr, de mentionner leurs coordonnées astrales. Mais elle se ravisa.

Parfaitement inutile, puisque toutes sont enfermées au Cosmec…

71

— La surprise, Tominus. La surprise…

Zagouro avait fait de cette maxime son leitmotiv guerrier. Et il n'attendit pas l'aube pour mettre son armée en marche. L'armada noire quitta la Cité interdite en pleine nuit par la porte ouest. Le chef suprême avait tenu à conduire lui-même ses hommes au combat. Cuirassé et caparaçonné de métal, le boss volait en tête d'escadrille. À sa droite, légèrement en retrait, se tenait Léon, lance en avant. Tandis que sur sa gauche, Rommel contrôlait les arrières. Plus loin derrière les généraux, Le Boucher avait pris la tête des hommes du rang. Zagouro se tourna vers Léon pour un ultime briefing.

— Aucune initiative sans mon feu vert! C'est clair?

C'était clair pour Léon.

— Quand je donnerai le top, tu lâcheras les avions furtifs.

Puis il s'adressa à Rommel.

— Une fois que les furtifs auront enfoncé le bouclier sani-terre, ce sera à toi de jouer. Les panzers pourront alors se déployer et contrôler la situation... Et ché serai toute proche t'accéter au trône!

Le Führer fit claquer ses talons.

— Heil Hitler! hurlèrent en chœur Léon et Rommel.

L'armée du Dark quitta l'Arc solaire à 2 h 46 précises. Durant tout le trajet les fantassins demeurèrent silencieux et tendus. Leur guide leur avait pourtant assuré que la victoire serait rapide. Néanmoins, ces derniers affichaient une concentration à la hauteur de leur mission. Certains s'étonnèrent que l'attaque soit concentrée uniquement sur Paris. Le Führer leur expliqua que l'homme qui gouvernait actuellement l'État français était le chef de file des antinationalistes au sein de l'Union européenne. Une raison suffisante pour que la capitale soit la cible privilégiée du Dark.

Aux portes de Paris, Zagouro stoppa net ses hommes pour contempler une dernière fois la plus belle ville du monde. La tour Eiffel leur faisait de l'œil avec son pinceau doré qui balayait la cité endormie. Les Invalides offraient leurs riches dômes de cuivre à qui voulait bien les voir, tandis que l'Arc de Triomphe, droit dans ses bottes, représentait pour Zagouro le symbole de l'arrogance française. En vol stationnaire, le Führer traça de sa main droite une croix gammée sur le ciel noir, puis rabattit brusquement son bras.

— Go ! Mettez le feu ! Ces mécréants doivent payer !

Le ciel s'embrasa et la horde fondit sur les toits de Paris. Mais alors que Zagouro s'attendait à surprendre ses victimes dans leur sommeil, une aura lumineuse attira son attention. En se rapprochant, la couronne de lumière décrivit un arc de cercle aussi large que la petite ceinture parisienne. Zagouro comprit ce qu'il se passait. L'ennemi était en train d'encercler ses troupes. Trop tard ! Le halo des Justes se refermait sur eux à la vitesse d'un cheval au galop. Ils étaient pris en tenaille. Lui, le grand stratège s'était une fois de plus fait avoir.

Il s'en était pourtant fallu de peu pour que les troupes nazies ne surprennent les résistants français dans leur sommeil. Alors que Les Trois Mousquetaires pensaient la partie perdue, les orateurs du *Cosmec* avaient subitement interrompu la séance pour cause de désaccord profond sur la conduite à tenir en cas d'agression caractérisée. Le bâtiment avait été évacué jusqu'au lendemain, ce qui avait laissé le temps nécessaire à Léon, Lou et Nany pour contacter les participants.

Zagouro allait lancer un ordre de repli, lorsque la voix chevrotante du Grand Charles résonna dans l'air poisseux.

— Françaises, Français ! En d'autres temps, et dans d'autres circonstances, nous avons su sortir vainqueurs et grandis de l'épreuve qui nous était infligée. Une fois encore, je vous demande à toutes et à tous, Français de l'ère des Lumières, que vous soyez ou pouviez être dans le bas astral, de me rejoindre pour la bataille de France ! Vive la liberté ! Vive les Français ! Et vive la France !

L'effet de surprise passé, les sbires de Zagouro rassemblèrent leurs forces pour tenter de fissurer le cordon ennemi. Mais l'adversaire était partout, devant, derrière, à droite et à gauche. On aurait dit le tableau d'Eugène Delacroix, *La Liberté guidant le peuple*. Aux avant-postes, une femme, Lucie Aubrac. Dominant ses adversaires, la prof. d'histoire-géo. brandissait le drapeau tricolore. Le visage dur et déterminé, elle exhortait ses camarades de combats à ne rien lâcher. Tout près d'elle, Jean Moulin perdit son légendaire chapeau. Himmler, le chef de la Gestapo, était en train de l'étrangler avec son écharpe rouge. Sans le secours du Vieux con glorieux — le général Bigeard — le préfet d'Eure-et-Loir serait mort une seconde fois. Non loin, l'écrivain Albert Camus était aux prises avec Céline, « l'ennemi n° 1 des juifs », agitant ses pamphlets antisémites. Quant à André Malraux, le responsable du maquis limousin, il cherchait vainement à neutraliser Goering, le familier d'Hitler. Mussolini, Hirohito et Rommel avaient gagné un point haut afin de contrôler les opérations. Au milieu de tout cela, Léon et Lou faisaient figure d'amateurs. Qui plus est, ils n'étaient pas censés être dans le même camp.

La bataille de France faisait rage. Une bataille pour la liberté des consciences.

Léon n'en menait pas large. L'essentiel de son travail consistait à éviter de prendre un mauvais coup. À l'autre bout du champ de bataille, Lou enrageait. Devant l'inertie de l'ange gardien, il décida de le rejoindre. Parvenu à quelques mètres de lui, il s'échina à lui faire comprendre que le moment était venu de supprimer Hitler. Dans la confusion des combats, on n'y verrait que du feu. Le Führer ne se méfiait pas de lui. Lou fixait maintenant Léon en mimant l'acte de transpercer ce dernier d'un coup de dague.

Alleeeeez Léon ! Fais-le !

Léon était dos à dos avec Hitler. L'assurance, pour ce dernier, de ne pas se faire surprendre. Il lui aurait suffi de se retourner, et…

Léon ! Un peu de courage ! Alleeeez !

L'ange gardien fit volte-face, ferma les yeux… et enfonça sa dague d'un coup dans le cerveau d'Hitler, tandis que Lou fit de même avec Goering. La scène devint alors surréaliste. Conscients qu'ils venaient de perdre leur guide, les nazis tentèrent de prendre la fuite. Mais la retraite était coupée. La plupart d'entre eux périrent sous la lame des résistants. Ceux qui parvinrent à en réchapper gagnèrent les toits au plus vite. Les avions furtifs n'avaient même pas eu le temps de décoller. Les panzers étaient eux aussi restés scotchés au sol.

Là-haut, dans le ciel noir, un deuxième soleil était en train de se lever. Il se plaça juste à côté du premier. Mais il était bleu. D'un bleu de méthylène et d'une incandescence toute particulière.

D'un même mouvement, les résistants se mirent à genoux en se signant, conscients qu'une nouvelle ère débutait.

— Dans la prophétie de Raphaël, expliqua Léon, le soleil bleu signifie l'avènement du deuxième monde, celui de la planète aux deux saisons. L'été et l'hiver. Désormais, plus rien ne sera comme avant. Viens, Lou… Rentrons à la maison. La guerre est terminée.

72

Un jour nouveau éclairait la salle à manger du manoir. La lumière bleutée donnait à Nany un teint surnaturel. La jeune femme avait fait du feu dans la cheminée pour préparer le retour de ses héros. Lorsqu'ils entrèrent, elle se jeta dans leurs bras, les étouffant de baisers et les assommant de questions.

— La guerre est vraiment finie ? Pour de bon ? Comme je vous aime ! J'ai eu si peur pour vous deux !

Lou l'étreignit jusqu'à l'étouffer.

— Tu m'as manqué, tu sais.

Elle se nicha au creux de ses bras.

— Alors, on peut rentrer à la maison ? demanda la jeune femme en se frottant contre lui pour mieux renifler son odeur.

— Oui, il faut juste être un peu patient, mais après ce qu'il s'est passé, je pense que nous n'avons plus rien à craindre. Nous devons juste laisser le temps aux autorités de digérer les événements de cette nuit. Ensuite, nous en serons quittes pour quelques explications, mais tout rentrera dans l'ordre.

Nany fit un geste vague dans l'air coloré, semblant chasser la poussière.

— Alors ? On y va ?

Lou la serra plus fort contre lui.

— O.K., Miss, on fait les bagages !

Léon qui se sentait un peu de trop proposa de réintégrer le corps de Nany, mais la coquine le stoppa tout net.

— Attends un peu, toi ! Viens voir par ici... Tu ne m'avais pas fait une promesse ?

Léon la regarda, médusé.

— Ne fais pas celui qui ne se souvient pas. Tu m'avais promis de retrouver papa.

— Oui...

— Et ?

— Eh bien, je l'ai retrouvé !

— Et tu ne me disais rien ? !

— C'est que… nous n'avons pas beaucoup eu le temps de bavarder ces temps-ci…

— Comment il va ? Il est où ? Je veux aller le voir immédiatement !

— Ce n'est pas aussi simple que ça Nany. Tu n'as aucune notion de vol astral…

— Tu m'apprendras ! Léon ! Je t'en supplie ! Papa me manque trop. Conduis-moi jusqu'à lui… Allezzz !

Elle avait dit ce « allezzz ! » avec un accent de petite fille à qui on ne peut rien refuser. Cette fois, Léon capitula.

— O.K., mais alors, on fait équipe.

— Ce qui veut dire ?

— Ce qui veut dire que je dois réintégrer ton corps. Nous volerons en tandem. Lou nous accompagnera. C'est maintenant un thanatonaute chevronné.

— Un quoi ?

— Un voyageur des étoiles, si tu préfères.

Nany lui adressa un air épaté.

— Bon, alors, on y va ?

— On y va.

Léon entama une lente incorporation, afin de créer chez Nany un minimum de secousses. L'air de la jeune fille prit progressivement une teinte bleutée plus soutenue. Elle n'avait encore jamais ressenti une telle sensation.

— Tu es là, Léon ?

— Je suis là, Nany. Tout va bien. Détends-toi. Laisse-toi aller. Tout va bien se passer. Inspire profondément. Expire lentement. Là, c'est bien. Ça y est! On décolle.

73

Nany avait ressenti un léger étourdissement. Lorsqu'elle revint à elle, le monde avait changé. Plus léger. Plus pur. Avec un zeste de fantaisie à la Mary Poppins. Elle ouvrit grand ses poumons pour les emplir de cette brise de ciel que l'on ne rencontre qu'à cette altitude-là. Ses yeux, aussi, pour embrasser ce spectacle si particulier, s'émerveillant de ce monde incroyable. Sous eux s'étendait l'océan émeraude de la forêt solognote. Pour la première fois elle dominait les oiseaux. Étrange situation que la sienne, propulsée par une force invisible entre Terre et nuages. Respectant son émotion, Léon restait silencieux. Lou volait tout près d'eux, sans quitter des yeux la trajectoire de ses protégés. Soudain, l'aéropartage de Nany et Léon fit une embardée, et la jeune fille se retrouva cul par-dessus tête. Après un moment de panique, elle se mit à hurler de bonheur.

— Léon! Tu me le paieras! Attends un peu que je prenne les commandes. Je vais t'en faire voir de toutes les couleurs.

— C'est ça! C'est ça…

— Tu ne perds rien pour attendre!

— C'est pas fini les gamins, cria Lou, un peu Jaloux. Si on ne prend pas un peu d'altitude, on va finir par se payer les clochers.

— O.K. ! On grimpe.

L'accélération souleva le cœur de Nany, un peu comme après un saut à l'élastique, lorsque le corps remonte vers le ciel.

— Waouh !!! C'est super-grisant ! claironna la jeune femme qui commençait à prendre goût à la voltige. Léon, tu peux me filer les manettes ?

— À une condition, que tu respectes scrupuleusement mes consignes.

— Sans problème, boss ! Je suis prête.

Léon se retira en douceur. Il sentit l'onde tiède de Nany inonder son espace vital. Lui revint en mémoire le souvenir troublant de son intrusion dans la féminité de la jeune femme, lorsqu'il l'avait aidée à s'évader de Blancs-Manteaux, et le désir charnel qu'il avait retrouvé avec ce corps de mortelle.

La jeune femme prit les rênes d'une main ferme. Sa maîtrise surprit Léon.

— Un peu plus souple sur ta trajectoire, mais sinon, c'est pas mal.

Elle sourit. Ils filaient vers une contrée appelée Constellation du Dragon, un sas entre l'espace aérien humain et le bas astral. Une sorte de tunnel noir et froid au bout duquel scintillait une douce lumière blanche.

— C'est ça que décrivent les mourants ? demanda la thanatonaute en herbe. Brrr... Ça fiche les chocottes ! Ça s'est passé comme ça, quand tu es mort, Léon ?

— Pas tout à fait... mais tu n'as rien à craindre. Pour nous, voyageurs des étoiles, la trajectoire est aussi sécurisée que celle d'un bobsleigh.

L'image fit sourire Nany.

Un bobsleigh ascendant, alors.

Plus ils avançaient, et plus leur vitesse augmentait. L'aventurière avait un peu la sensation de revivre sa naissance. Qu'y avait-il au bout de cette lumière qui l'appelait ?

— Dis, Léon, c'est pas dangereux ?

— Quoi ?

— Ben, de s'aventurer sur le territoire des morts...

— Dangereux, comment ?

— Et si on n'arrivait plus à revenir ?

— Ta ligne de vie, c'est le fil d'argent que tu vois, là. Elle part de ton cœur et te rattache au monde terrestre. Au moindre souci, tu tires dessus d'un coup sec pour remonter à la surface. Mais attention à ne jamais la rompre, sinon, effectivement, plus de retour possible.

— C'est fragile ? Qu'est-ce que je peux faire pour en prendre soin ?

— Tu es en ce moment à l'état de pur esprit. Le Créateur s'occupe de tout. Service après-vente compris. Si une urgence se présentait, il te le ferait savoir.

Nany avait du mal à admettre ce concept. Elle choisit de se laisser guider par Léon. La lumière devenait de plus en plus forte, jusqu'à l'éblouir. Elle sentit soudain une vive accélération, avant d'être aspirée par un courant chaud... et de faire le grand saut.

Le monde dans lequel ils venaient d'être éjectés comptait plus de trois dimensions. La jeune femme avait l'impression de se dupliquer à l'infini dans ce kaléidoscope minéral. Il ne semblait plus y avoir d'atmosphère, si bien que les deux équipages flottaient dans une espèce de vapeur bleutée à l'image du deuxième soleil qui s'était récemment levé sur Terre. Nany effectua un ou deux saltos arrière pour tester son nouvel environnement

— Youpi ! On se croirait dans un manège à Disneyland Paris.

— Bon, finie la récré, décréta Léon. Nous ne sommes qu'au début d'un long périple.

— Quel rabat-joie tu fais !

— Léon a raison, ajouta Lou qui évoluait près d'eux en silence depuis le début. C'est pas un jeu, Nany. Tu dois rester très concentrée.

— O.K., O.K., papa, j'y veillerai.

Mais elle était beaucoup trop émoustillée pour prendre la chose au sérieux. Au bout d'un espace qui ressemblait à un vaste lac, elle aperçut un corbeau aussi noir que de la suie. Planté au bord du liquide fumant, il se reflétait dans l'onde pure.

— C'est Yukos, le gardien des âmes égarées, expliqua Léon. Tu vois, cette petite balance qu'il cache sous son aile droite ? C'est pour peser les âmes des défunts. Si elles sont trop lourdes, ou trop noires, il les envoie directement au pressing.

— Au pressing ? À la machine à laver, quoi ?

— C'est ça. Elles peuvent y stagner des milliers d'années avant de continuer leur chemin.

— Et, il ne s'occupe pas de nous ?

— Non, tu n'as rien à craindre, car tu es tout ce qu'il y a de plus vivante.

— Oui, mais toi ?

— Moi, je suis déjà passé par-là, il y a si longtemps…

— Ah ?

Un courant frais les éloigna de Yukos qui les regarda partir sans bouger la moindre plume. Nany sentit d'un coup l'oxygène se raréfier.

— Nous allons traverser la tribu des Wadagondas, prévint l'ange gardien. Ces autochtones ne sont pas dangereux, à condition de ne pas les provoquer.

— Hum… se contenta de murmurer Nany, pas rassurée.

Les faces hideuses se figèrent à leur passage. L'une d'elles parut ne pas rester indifférente à l'empreinte astrale que laissait la jeune thanatanaute.

— Ce n'est pas tous les jours qu'ils voient du monde, justifia Léon. Faut les excuser.

L'entité bavait sur l'empreinte de Nany, qui ne s'attarda pas dans les parages.

— Lou, tu peux ouvrir la route ? On arrive au carrefour des Innocents. Après, c'est le trou Noir.

— Bien chef… mais j'ai l'impression qu'un orage magnétique se prépare. Il vaudrait peut-être mieux chercher un refuge pour la nuit.

— Oui, ce serait plus prudent. Peux-tu consulter la carte sidérale des aires de repos ?

— C'est déjà fait! Il y en a une tout près d'ici. *Le Repos éternel*, ça s'appelle. Je suggère qu'on s'y arrête.

— O.K. Lou. Va pour *Le Repos éternel !*

L'îlot rocheux était ancré dans un socle poudreux. La lumière ocre qui s'en dégageait semblait s'allonger jusque dans les moindres recoins de ce monde perdu aux confins de la galaxie.

— Je vois une grotte, là-bas, fit remarquer Lou. Il faut faire vite, la tempête se lève. Elle sera sur nous dans quelques minutes.

Les trois compères se hâtèrent de rejoindre le refuge. L'entrée très étroite s'évasait pour devenir quelques mètres plus loin une vaste salle semblable à un hall de gare. Au centre, une fontaine d'eau pétrifiée donnait un aspect rassurant à l'ensemble éclairé par un puits de lumière bleue. Ils n'étaient visiblement pas les premiers à s'aventurer dans les lieux. Lou releva les traces du passage d'autres voyageurs dans ce qui pouvait être un salon creusé à même la roche. D'où il se trouvait, le trio pouvait voir l'entrée de la cavité. Quelques minutes plus tard, les premières salves électriques se mirent à fouetter la grotte. Nany se blottit tout contre Léon.

— Ça va durer longtemps ?

— Impossible à dire, nous sommes probablement bloqués ici pour plusieurs heures. Mais de toute façon, la nuit arrive, cela nous permettra de nous reposer.

Peu à peu, la tempête prit de l'assurance. D'immenses éclairs blancs vinrent gifler la bouche du repaire, tandis qu'un bruit électrique intense se fit entendre alentour. Puis, des voiles verts et violets illuminèrent le ciel, créant des ombres fantasmagoriques sur le ciel d'encre.

— Une aurore polaire, annonça Léon. Ça vaut le coup d'œil !

Les trois amis se serrèrent un peu plus les uns contre les autres pour admirer le spectacle que leur offrait la nature exaltée. Les couleurs semblant sorties tout droit de la palette d'un peintre fou dansaient dans le ciel avant de former des tornades bicolores, s'évanouissant en rideaux verts ou violets. Au petit matin, le calme revint enfin. Lou sortit de sa tanière, s'étira et regretta un instant sa condition de pur esprit qui lui interdisait de prendre un bon petit-déjeuner. Nany ouvrit un œil puis le referma prudemment. Léon fit le mort.

— Ohé du bateau ! Il faudrait peut-être s'affoler un peu. Il est déjà 9 h 30. La route est encore longue.

Les âmes fripées se firent violence et émergèrent un peu plus tard.

— J'ai faim ! annonça Nany.

— Tu éprouves une sensation de faim, corrigea Léon, mais mieux vaut l'oublier, car ici, pas de restos. N'oublie jamais que tu es dans le monde virtuel de l'au-delà.

Nany fit la grimace en s'ébrouant.

— Ce que tu peux être ringard, mon vieux… Lou, tu veux bien me masser un peu les épaules ? Je suis tout engourdie.

Lou sourit et s'exécuta. À l'extérieur, plus aucune trace de tempête. Lorsque les voyageurs mirent le nez dehors, il faisait même très doux.

74

Nany évoluait maintenant en totale autonomie, ce qui laissait à Léon le loisir de regarder le paysage.

— Ça a du bon la conduite accompagnée, ironisa Nany. Je veux dire… pour toi.

Léon se contenta de lui tourner un œil malicieux. Mais lorsqu'ils arrivèrent à proximité du trou Noir, l'ange gardien insista pour reprendre les commandes.

— Il peut rester des snipers embusqués. Je ne tiens pas à prendre le moindre risque. Lou, on vole en formation. Prépare les munitions, au cas où…

— Je croyais que tous les Dark Punks avaient été tués, s'étonna Nany.

— La plupart d'entre eux, reconnut Léon. Mais certains s'en sont tirés. Globalement, ils ne sont plus dangereux, mais individuellement, ils peuvent encore présenter un risque.

— On doit obligatoirement passer par-là pour aller voir papa ? demanda Nany, inquiète.

— Oui, c'est le passage obligé. Allez ! On ouvre bien grands ses yeux.

En arrivant au chenal des Égorgés, Nany ne put s'empêcher de frémir. Lou accéléra. La Cité interdite leur apparut bientôt dans toute sa splendeur. Il n'y avait plus de gardien à la porte sud et la place des Suppliciés était déserte. Le sanctuaire apparaissait tel qu'il était avant la bataille de France. Le drapeau Dark Punk flottait toujours au-dessus des murailles ocre. De-ci de-là, un panzer ou un avion furtif abandonné laissait augurer de la précipitation avec laquelle les combattants de l'ombre avaient quitté le navire. Mais où s'étaient-ils réfugiés ? Impossible à dire. D'où la nécessité de rester très prudents.

— On reste groupés ! rappela Léon.

— À deux équipages, ça sera pas trop compliqué, s'amusa Lou.

Léon fit mine de ne pas entendre cette pique et continua son chemin. L'humidité se fit de plus en plus prenante et il reconnut les abords de la prison. Au grand dam de Lou, il insista pour faire un détour afin de vérifier si quelques âmes n'y étaient pas toujours emprisonnées. Lorsqu'ils pénétrèrent dans le cachot bas de plafond, des cris s'échappèrent des cages numériques suspendues au-dessus de leurs têtes. Quelques prisonniers exsangues oubliés dans la précipitation du départ, s'agrippaient aux barreaux virtuels. Cette fois, Léon ne fut pas long à détecter le commutateur du générateur de champ magnétique. Il l'abaissa et aussitôt une nuée d'âmes captives s'égaya dans la nature, se cognant aux murs en poussant de petits cris aigus.

— Allez en paix, leur dit Lou qui se souvenait que sans l'intervention de Léon, il ne serait plus là.

Terrifiée, Nany se blottit derrière leur sauveur.

— Je veux partir d'ici, Léon ! Vite ! Je me sens mal.

Lorsque Lou quitta la prison suivi du tandem Léon-Nany, les oiseaux de paradis disparaissaient déjà à l'horizon en décrivant un arc de cercle sur le soleil bleu.

— C'est encore loin ? demanda Nany.

— Quand est-ce qu'on arrive ? ajouta Lou, imitant les enfants pressés de descendre de voiture.

Un paysage inconnu de Léon et de Lou remplaça peu à peu l'abîme angoissant de la Cité interdite. Le sol se dérobait moins, tandis que des cimes blanches hérissées de vapeurs rosées donnaient à l'ensemble une allure de canevas réalisé par les bonnes dames des patronages pour la fête de fin d'année.

— Personne n'est jamais passé de l'autre côté, assura Léon. Du moins, ceux qui s'y sont risqués n'en sont jamais revenus pour nous dire comment c'était.

Les deux équipages s'arrêtèrent à la frontière artificielle, figés par la beauté du site.

Nous devons attendre ici qu'on vienne nous chercher, déclara Léon. Ton père tient personnellement à t'accueillir.

Le cœur de la jeune fille se serra.

Revoir papa… Je n'arrive pas à y croire. J'attends ça depuis si longtemps. Et en même temps, j'ai si peur. Sous quel aspect apparaîtra-t-il ? Pourrais-je le toucher ? Va-t-il me parler ?

C'est alors qu'une forme entourée d'un halo blanc apparut à quelques mètres de distance. Il était là, face à elle, dans son habit de lumière.

75

Son corps ne lui obéissait plus. Respirer ! Elle avait rêvé si fort de cet instant ! Le serrer dans ses bras une dernière fois. Pouvoir lui dire tout ce qu'elle n'avait pas eu le temps de lui confier avant son départ, alors qu'elle n'était encore qu'une enfant. Eh puis, il y avait le doute. Y avait-il vraiment une vie après la mort ? Elle se disait parfois qu'elle se raccrochait à cette idée qu'on lui avait enseignée au catéchisme, mais qu'en réalité, tout s'arrêtait peut-être une fois que notre dépouille reposait au fond d'un trou. Mais maintenant, elle savait.

Max lui souriait. Il était beau comme le dernier jour où elle l'avait embrassé avant de partir à l'école, sans savoir que c'était la dernière fois. Il s'approcha d'elle et ouvrit grand ses bras.

— Ma chérie, ce que tu es belle ! Tu es une femme maintenant.

Lorsqu'il la serra dans ses bras, Nany crut mourir.

— Papa... C'est vraiment toi ? gloussa la jeune femme entre deux sanglots.

— J'ai vraiment l'air d'être quelqu'un d'autre ? s'amusa son père.

Mais cette preuve n'était pas suffisante. Il fallait qu'elle le touche, qu'elle sente battre son cœur en posant sa tête sur sa poitrine, pour être certaine.

— Papa... Comment est-ce possible ? Je n'arrive pas à le croire...

Et elle l'étreignit à son tour.

— Tu m'as tellement manqué ! Mon petit papa, comme je t'aime ! Je ne veux plus jamais te quitter.

Le père et la fille restèrent dans les bras l'un de l'autre un long moment. Lou et Léon, très émus, ne savaient plus quelle contenance adopter. Lorsqu'enfin les effusions se terminèrent, Max les invita à se joindre à eux.

— Tu ne me présentes pas tes amis, ma chérie ?

Lou devint tout rouge, lorsque la jeune femme, hésitante, l'annonça comme étant son « ami ». Tandis que Léon bomba le torse à l'évocation de son titre d'ange gardien le plus « adorable » de la Terre.

— Je suis avec les trois hommes de ma vie, susurra Nany. Comment être plus heureuse ? Mais... tu ne vas pas disparaître d'un seul coup comme dans les films, hein ?

— Non, ma chérie. Rassure-toi. Nous avons tout notre temps. Eh puis, maintenant, tu sais que je serai toujours là pour veiller sur toi.

— Justement, papa, pourquoi Dark Punk a-t-il pu me persécuter ? Il a failli me tuer...

— Ah, ça, c'est une longue histoire. Je vais tout te raconter. Mais ne restons pas sur le pas de la porte. Je vais vous faire visiter mon petit paradis. Allez, venez !

76

Max entraîna Nany à une vitesse vertigineuse, bien supérieure à celle qu'utilisaient Léon et Lou pour se déplacer. Dans leur sillage, les deux hommes éprouvèrent du mal à les suivre. Arrivé dans une vallée entourée de collines verdoyantes, Max inversa la vapeur et descendit vers une maisonnette au toit de chaume, semblable à celles que Nany connaissait sur Terre. Et, comme elle s'en étonna, Max entreprit de lui révéler les raisons de ces similitudes.

— Tu croyais que je vivais sur un nuage, comme le père Noël ? Il faut que je te fasse un cours de physique quantique.

— De physique… quoi ?

— Quantique. Je sais, sur Terre, la plupart de nos physiciens pensent que la physique quantique n'est qu'une fable pour enfants. Quant à ceux qui y croient et travaillent sur le sujet, ils se font traiter d'illuminés. Et pourtant, Einstein avait compris avant tout le monde.

— Qu'est-ce qu'il avait compris, papa ?

— Je vais t'expliquer, mais avant, il faut que tu voies ça de tes propres yeux. Ensuite, tu me ferais tellement plaisir si tu reprenais tes études pour devenir physicienne et porter au monde entier le message que je vais t'enseigner.

— Mais, papa…

— Viens, ma chérie.

Ils arpentèrent ce nouveau monde pendant deux jours et deux nuits sans interruption. Et quand Nany présenta les premiers signes de fatigue, ils se rabattirent sur la maisonnette au toit de chaume. À l'intérieur, il faisait frais. Tout était en ordre et silencieux. Seul le ronronnement d'une climatisation venait rompre le calme de ce cocon douillet. L'entrée s'ouvrait sur une vaste salle de séjour flanquée d'un poêle à bois gris anthracite, qui se mariait à merveille avec la décoration « usine ». Il n'y avait pas de rideaux aux fenêtres, de sorte que l'on pouvait voir aussi loin que portait le regard. Ce n'étaient que des vagues vertes à perte de vue. À croire que son père habitait au milieu d'un golf. Max s'assit face à sa fille, à califourchon sur une belle chaise design en fer forgé noir, les avant-bras appuyés sur le dossier. Nany, Léon et Lou l'imitèrent.

— Alors, ma puce, que penses-tu de tout ça ?

La jeune femme ne cessait de regarder autour d'elle, passant en revue les moindres détails de cette maison afin de bien les imprimer dans sa mémoire. Une question la taraudait depuis leur arrivée.

— Dis, papa… et maman ? Elle sera ici, après ?

— Bien sûr… Je l'attendrai le temps qu'il faudra. Mais, parlons plutôt de ce que tu viens de découvrir.

— Je n'ai rien vu d'extraordinaire, des montagnes, des prairies, des villes, des étoiles, des planètes, des soleils… et même le soleil bleu qui s'est levé chez nous. Rien que du courant.

— Très bien ma fille. Tu as raison. Mais ne te demandes-tu pas pourquoi le paradis ressemble étrangement à notre monde terrestre ?

— Si, bien sûr… C'est vrai que d'habitude, quand on pense au paradis, on imagine plutôt un endroit magique.

— Tu vas avoir du mal à croire ce que je vais te raconter. C'est pourtant la stricte vérité. C'est même la clé du Grand Mystère de la Vie.

Nany sourit, amusée. C'était bien son père, ça…

— Je ne plaisante pas, Nany. Écoute-moi attentivement. Ensuite, tu jugeras par toi-même.

Lou et Léon se rapprochèrent de Max.

— À votre avis, l'univers, c'est quoi ?

Ils ne s'étaient jamais posé la question.

— Eh bien, reprit Max, l'univers est… un gigantesque ordinateur.

— Je ne te crois pas ! s'exclama Nany.

— C'est pourtant vrai, reprit Max. L'univers est un supercalculateur. Il calcule en permanence à une vitesse vertigineuse afin de se maintenir en équilibre.

Il doit simultanément ajuster la force nucléaire qui cimente les nucléons dans les noyaux, la force électromagnétique à l'origine de la chaîne de l'ADN qui donne la vie, la force gravitationnelle, colle du cosmos… et j'en passe. Mais je ne vous ai pas encore révélé le plus incroyable.

Le trio resta muet.

— Ce super ordinateur crée des mondes à son image, et il est si puissant que l'on ne peut pas faire la différence entre les copies et l'original.

— Ce qui veut dire ? osa Lou qui croyait comprendre où Max voulait en venir.

— Ce qui veut dire que le monde terrestre n'est qu'une projection du monde réel… et que le monde réel… C'EST ICI !

Nany en eut le vertige.

— Mais papa, comment peux-tu affirmer une chose pareille ? Et pourquoi ce ne serait pas l'inverse ?

— Parce que je fais partie de ceux qui sont au « photocopieur ». Et que tous ceux que l'on appelle à tort « les vivants », c'est-à-dire les Terriens, ou encore les Humains si tu préfères… ne peuvent pas découvrir la vérité, car ils n'ont pas la possibilité d'interagir sur leur monde. Ce ne sont que des personnages de jeu vidéo qui se limitent à jouer un rôle. Le rôle qui leur a été attribué. Alors que moi, ici, je suis au cœur du système.

— Tu veux dire que tout est écrit à l'avance ? Mais… je possède tout de même mon libre arbitre, objecta Nany. C'est bien moi qui décide du cours de ma vie. Et ma vie dépendra des choix, bons ou mauvais que je ferai…

— Contrairement à l'animal, l'homme possède effectivement une conscience qui lui permet, dans une situation donnée, de choisir parmi un certain nombre de scénarios. Sauf que ces scénarios sont produits par son cerveau, qui est lui-même une sorte d'ordinateur biochimique. Alors, a-t-il vraiment le choix ?

Assommés par les révélations, les auditeurs restèrent muets. Puis Max reprit.

— Comme toute matière, nous sommes constitués d'atomes qui ont été créés au cœur des étoiles. Or, on a récemment découvert que les atomes sont tous reliés les uns aux autres, quelle que soit la distance qui les sépare…

— C'est pour ça qu'on peut parfois ressentir le décès d'un être cher à des centaines de kilomètres ? demanda Nany.

— Probablement… Même s'il semble fait d'une multitude de choses différentes, l'univers est un. Ça ne vous rappelle rien ? « Dieu est un et indivisible. »

Le message de l'Église… Alors que nous croyons être indépendants les uns des autres et de la nature qui nous entoure, nous sommes en réalité reliés les uns aux autres et à notre environnement. L'univers est un TOUT auquel nous appartenons. Et même si la fleur sur ton étagère dans son petit pot empli de terre semble différente de l'étoile la plus lointaine, en réalité, elles sont semblables. NOUS SOMMES l'univers qui regarde et apprend sur lui-même…

77

— Alors… c'est ça qu'on appelle DIEU ? demanda enfin la jeune femme.

78

Des avatars. Les Humains ne seraient donc que des avatars. Doués de raison, certes, mais des avatars quand même. Tout allait trop vite. Nany en eut le tournis.

Si c'était vrai, alors la vie valait-elle le coup d'être vécue ?

Max se rendit compte du trouble qu'il avait semé chez sa fille et tenta de désamorcer la bombe.

— Disons que la vie terrestre est un peu un brouillon, une sorte de répétition générale avant la vie éternelle, à ne pas prendre à la légère, si on veut réussir sa vraie vie…

— Nous sommes bien dans le moyen astral, n'est-ce pas ? interrogea Nany. Qu'y a-t-il dans le haut astral ?

— Personne n'a accès au dernier étage de la fusée, au cœur du réacteur, reconnut Max. Même pas les anges. Et c'est pour que les Hommes comprennent bien la nécessité de ce mystère, que Dieu a répandu le mythe du péché originel symbolisé par Ève croquant la pomme au jardin d'Éden.

— Ce qui voudrait dire qu'il y aurait une intention derrière la création du monde ? demanda Lou, que l'univers ne serait pas né comme ça par hasard, d'une grande explosion…

— Il semblerait en effet que l'univers s'autosurveille… confirma Max.

Tout cela était trop compliqué pour Nany qui brisa le beau consensus scientifique.

— Tant pis si je saute du coq à l'âne. Il y a encore quelque chose qui me tracasse. Papa, peux-tu m'expliquer comment Dark Punk a réussi à se faire passer pour toi sur la toile, et surtout comment il a eu accès à nos petits secrets de famille ?

— C'est très simple. J'étais sur le point de découvrir le projet fou de Zagouro qui consistait à conquérir la Terre entière et à incruster les forces du mal au plus profond du cerveau de chacun d'entre nous. J'ai tenté d'intervenir, mais à ce moment-là, sur le plan psychique, son serviteur, Dark Punk, était beaucoup trop fort pour moi. Il a réussi à me neutraliser et à me voler mes pensées. J'ai assisté, impuissant, au piège qu'il te tendait.

Max, qui avait conscience que cela faisait beaucoup d'informations à digérer d'un coup, tenta de faire diversion.

— Bon, les enfants, si Léon vous racontait comment il m'a retrouvé ?

L'ange gardien, encore sous le choc, se mit à bredouiller.

— Nous combattions côte à côte durant la bataille de France et…

— Toi, combattre ? ironisa Nany. Eh puis, vous n'apparteniez pas au même camp ? !

— Tu sais très bien que mon rôle était d'infiltrer les rangs de Zagouro, se défendit Léon, tout penaud.

— Et il a été très brave, renchérit Max.

Nany se leva d'un bond et enlaça son père.

— Papa, je ne veux plus te quitter. Je veux rester ici, avec toi.

Max serra très fort sa fille dans ses bras, puis la repoussa doucement.

— Ma chérie, c'est impossible. Le moment de quitter la Terre n'est pas encore venu pour toi. Tu as encore tellement de choses à accomplir ici-bas. Mais surtout, essaie d'être heureuse. Ne te demande pas ce que l'on devient après la mort, mais plutôt pourquoi tu es née, quel est le sens de ta mission sur Terre. Eh puis, je crois savoir que quelqu'un t'attend…

Nany rougit, attrapa la main de Lou et la serra très fort.

— Dis aussi à ta mère et à ton frère que je vais bien et que je les aime.

Nany se réfugia à nouveau dans les bras de son père. Des sanglots dans la voix, elle réussit tout de même à lui dire au revoir.

— Tu vas tellement me manquer, mon petit papa. Je t'aime.

Max qui n'était pas doué pour les adieux coupa court à l'effusion.

— Il est temps d'y aller, ma chérie.

Les yeux embués et le cœur lourd, Nany se tourna vers son ange gardien.

— Tu viens, Léon ?

Embarrassé, Léon baissa la tête et fixa le bout de ses pieds.

— Non Nany… notre chemin s'arrête là. Tu n'as plus besoin de moi et…

Mais Nany lui coupa la parole et vint se blottir tout contre lui en pleurant à chaudes larmes, cette fois-ci.

— Non, Léon, je t'en prie, ne m'abandonne pas toi aussi ! Je ne saurai pas faire sans toi…

— Ne te fais pas de souci. Je ne serai jamais bien loin. Et si tu as besoin que je fasse un extra, je serai au rendez-vous. Tu as quand même été ma première protégée. Je ne l'oublierai jamais.

— C'est vrai ? Alors te voilà confirmé dans ton job d'ange gardien ? Ta hiérarchie t'a attribué un nouveau client ?

— Oui, dès demain je dois cornaquer Archie, le bébé de la duchesse de Sussex, Meghan Markle, et du prince Harry.

— Waouh ! Tu prends du galon ! C'est bien ! Mais, dis, tu ne parles pas anglais…

— Non. Ce sera mon nouveau challenge, apprendre la langue de Shakespeare.

Nany regarda son père.

— Papa, il y a une dernière chose que j'aimerais comprendre.

— Oui, ma fille, dis-moi.

— Pourquoi Zagouro m'en voulait-il au point de me tuer ?

Max la prit par les épaules.

— Zagouro-Hitler était un monstre. Il a déjà eu bien du mal à admettre sa défaite militaire, mais accepter qu'une gamine de 13 ans révèle au monde entier dans un best-seller, les persécutions qu'il a fait subir aux juifs, ça, il n'a jamais pu le digérer.

— Mais… papa, je ne comprends pas. Quel est le rapport avec moi ?

Max fit ses yeux les plus tendres.

— Nany, tu ne t'es pas toujours appelée Stéphanie Lidol…

— Quoi ? J'ai été adoptée ! ? C'est ça ?

— Non ma chérie, tu es bien notre fille biologique, mais dans une vie antérieure tu t'appelais Anne… ANNE FRANK[1].

FIN

---

1 Annelies Marie Frank, plus connue sous le nom d'Anne Frank, est une adolescente allemande de confession juive qui a écrit un journal intime : *Journal de Anne Frank*. Il témoigne de l'horreur de la persécution des juifs par les nazis, pendant la Seconde Guerre mondiale. Durant deux ans, elle se terre avec sa famille à Amsterdam, aux Pays Bas, afin d'éviter la Shoah. Après la découverte de sa cache, elle est déportée en août 1944 dans le camp de concentration de Bergen-Belsen en Allemagne. Elle y meurt du typhus en mars 1945 à l'âge de 15 ans, deux mois avant la libération de la Hollande. Après la guerre, son père, seul rescapé des camps, fait éditer le journal de sa fille. Un livre, plein d'amour et d'angoisse, vendu à plus de 30 millions d'exemplaires qui a fait pleurer le monde entier. Ce succès planétaire traduit dans plus de 70 langues a été repris au théâtre dans tous les pays et a fait l'objet d'un film.

Remerciements

À Don DeLillo, romancier américain, pour la transmission de son expérience : « J'observe les mots sur la page comme un peintre, le coup de pinceau sur la toile. J'attends que les mots, les phrases, me disent quelle direction prendre. »

Aux prêtres exorcistes Jean-Pascal Duloisy, du Père-Lachaise et Alain Bandelier, rattaché au diocèse de Meaux (Seine-et-Marne) qui ont eu la gentillesse de me recevoir et de m'instruire sur le phénomène de possession.

Au parapsychologue, Alexandre, qui m'a initié au voyage astral et qui m'a fait « décoller » (sans fumée et sans alcool), me donnant la sensation de survoler, non pas le cimetière du Père-Lachaise mais celui de Château-Chinon (Nièvre) où est enterrée ma grand-mère…

Aux scientifiques de l'Institut métapsychique international de Paris et plus particulièrement à Pascale Catala, chercheur, qui m'a enseigné ce que sont les orbes, ces points lumineux voyageurs.

À Agnès, médium, qui interprète ces points lumineux comme étant des « points morts », ou âmes en déshérence.

À Stéphanie, se disant victime de manifestations paranormales, qui m'a accueilli à son domicile pour me faire partager ses observations.

À Martine et Morgane, mes premières lectrices, qui me guident comme le phare oriente les bateaux dans la nuit.

Musique qui a bercé l'écriture de ce roman

Concertos pour flûte n° 1 et 2 Andante en do majeur de Wolfgang Amadeus Mozart.

41942842R00150

Printed in Poland
by Amazon Fulfillment
Poland Sp. z o.o., Wrocław